Matteo Cilla

L'Orologio del Diavolo è fermo

MNAMON

A mia nipote Noemi.

A Francesco, Papa dei poveri.

*A tutti quelli che
con amore
donano sorrisi ai bimbi
e asciugano lacrime
a sofferenti e anziani.*

*Ai tanti migranti
in cerca di libertà
che rischiano la vita
fuggendo
dalle umane ingiustizie.*

Ringraziamenti

A Teresa
moglie accorta e premurosa
attenta lettrice
e riservata suggeritrice.

Agli amici
Remo Di Giandomenico
e Gilberto Salvi
per la stima
che traspare dai loro dotti interventi
in *Presentazione* e *Prefazione*.

Ai lettori affezionati
che sollecitando il nuovo romanzo
hanno costituito indispensabile stimolo
alla mia fantasia
doverosamente grato
per loro ho concepito e fatto vivere
alcuni personaggi.

Orologio

"L'orologio dell'uomo
è segnato
da ore di rabbia
da minuti di odio
da secondi di folle distruzione.
E il tempo passa ..."

....

(da "Oltre le dune" - M. Cilla - 2004)

Presentazione

Ho conosciuto Matteo Cilla quest'estate a Termoli, lo splendido sbocco del Molise sull'Adriatico.

Mi ha subito impressionato per il suo carattere deciso e volitivo, di persona che sa quello che vuole e tende a ottenerlo.

Mi ha raccontato del suo impegno politico e della sua passione per la scrittura.

Mi ha dato due suoi romanzi che ho letto nel giro di pochi giorni, appassionandomi alle vicende da lui inventate e ben descritte. Invero, dire inventate è limitativo, in quanto nelle sue creazioni trae sempre spunto dal realmente avvenuto, dai personaggi e dai luoghi che ha conosciuto nella sua vita di frequente ed attento viaggiatore.

Lo stesso avviene in questo nuovo romanzo.

Infatti, in certi momenti, sembra di viaggiare; Malta, il Montenegro, la Turchia, la Sicilia e Roma, sono descritti alla stregua di una guida turistica, tanto da far nascere il desiderio di correre a visitarli.

Anche la storia, che ruota intorno alla massoneria, rivela una profonda conoscenza delle regole e delle relazioni che s'intessono, non sempre nitide, tra i frequentatori della Loggia.

L'intreccio parte da lontano, dalle incomprensioni tra rampolli un po' mafiosi di famiglie sicule molto mafiose che, come d'uso, difficilmente dimenticano uno "sgarro" e sanno attendere pazientemente il momento della rivalsa.

Ma non vogliamo svelare nulla di più di quest'avvincente narrazione. Il lettore troverà numerosi spunti che ne cattureranno l'attenzione fino all'inatteso epilogo.

Un'ultima nota. Cilla è approdato a Mnamon anche grazie alla sua attenzione per altri autori locali che la nostra casa editrice ha pubblicato. Siamo fieri di questa scelta e contenti di annoverare l'autore dell'Orologio del diavolo è fermo nella nutrita schiera di scrittori che compongono la nostra offerta.

Grazie Cilla e auguri di successo.

Gilberto Salvi

Prefazione

Nel romanzo "L'orologio del diavolo è fermo", Matteo Cilla è capace d'imprimere fascino e organicità a un racconto complesso e appassionante.

La trama è coinvolgente; i personaggi sono tratteggiati in maniera precisa, mai avulsi dalla ricchezza dei sentimenti e delle emozioni che caratterizzano l'umana unicità; le dinamiche sono esposte in modo compassato.

L'apparente distacco narrativo, scompare man mano che il tormento dei protagonisti prende vita e le riflessioni avanzano, nel tentativo di emozionare con la forza dei sentimenti.

Cilla, pur restando saggiamente lontano dai giudizi, conduce per mano il lettore attraverso pensieri che diventano quasi pedagogia di vita e suggerisce soluzioni sperimentate che aiutano a squarciare le nubi del dubbio.

Positiva è la scelta del titolo, che incuriosisce e intriga.

"L'orologio del diavolo è fermo" trova giustificazione in una caratteristica delle chiese maltesi; il racconto svela la simpatica curiosità.

S'invita a leggere il romanzo per la godibilità della narrazione, per lo stile sobrio e mai banale, per la trama coinvolgente e per la bellezza dei luoghi descritti, tutti reali.

Si tratta di un'opera piacevolmente completa che, onore al merito, conferma Matteo Cilla scrittore bravo e intel-

ligente, capace di stare dalla parte del lettore dalla prima
all'ultima pagina.

Remo Di Giandomenico

Introduzione

La vicenda si svolge tra Italia, Malta, Turchia e Montenegro; *i luoghi* sono reali e descritti con precisione; *le storie,* pur rifacendosi a fatti e personaggi veri, sono adattate alle esigenze del romanzo.

L'epoca, non definita, serve per lasciare al lettore la libertà di vestire con la fantasia gli attori, attualizzandoli.

A un certo punto si è derogato da tale proponimento per non alterare motivazioni e personalità di alcuni protagonisti che, necessariamente, andavano presentati nel contesto storico che li aveva generati.

Tra il 1991 e il 1995, nella regione balcanica, per la prima volta nella storia, lo stupro fu trasformato in una precisa strategia, coordinata e pianificata. In tale situazione si muovono alcuni protagonisti che, pertanto, datano il romanzo.

L'insieme dedica tempo e spazio all'introspezione dei personaggi e ai loro tormenti.

Il poter "giocare" con gli attori di un romanzo, consente di proporre riflessioni intimistiche utili per un confronto ponderato e pedagogico scrittore-lettore.

L'Autore

"Il caso è il sentiero di cui Dio si serve quando vuole restare anonimo".

(Einstein)

Capitolo primo

Applausi, grida augurali e colpi di pistola partirono all'unisono, come orchestrali agli ordini di un esigente direttore.

In venti secondi la morte palermitana aveva avuto la sua *rappresentazione*.

Proscenio: la splendida facciata della cattedrale di Palermo.

Protagonista: un signore brizzolato, in abito di lino bianco e coordinato cravatta-fazzoletto di seta blu.

Ora e data: 11,45 di un afoso 16 luglio.

Spettatori: circa 200 persone, riunite per festeggiare l'uomo in bianco.

Motivo di quella pubblica rappresentazione: la dimostrazione che il potere malavitoso ha la memoria lunga e una gestione elementare, pur nella sua infinita complessità.

Uno decide; pochissimi sono i consultati; pochi sono gli esecutori, pur appartenendo a un lungo invisibile esercito; di solito in molti assistono alla scena; nessuno mai vede, però, tutti capiscono.

Esaltazione del silenzio!

Il giorno prima, il 15 luglio, l'urna d'argento di Santa Rosalia, patrona di Palermo, era stata portata in processione per le vie della città.

In quella data, ogni anno, il popolo palermitano organizza in onore della *"Santuzza"* il tradizionale *"Fistinu"*; cinque giornate d'intensi festeggiamenti che esprimono, ancora oggi, la gratitudine del popolo per la miracolosa liberazione della città dalla peste.

A conclusione dei festeggiamenti, appunto il 15 Luglio, al grido di *"Viva Palermo e Santa Rusulia"*, i fedeli palermitani seguono in processione l'urna della loro patrona.

* * * * * * *

Alfredo Tònnaro, il ragioniere Alfredo Tònnaro, oramai trascorreva molte ore della giornata nel suo lussuoso appartamento nella centralissima Triq Ir-Repubblika – a poche decine di metri dal Grand Master's Palace – alla Valletta.

Lui che in passato era stato, per necessità e piacere, un giramondo, ora dirigeva i suoi affari dal cuore pulsante della bellissima capitale maltese, piccola ma dalla sicura espansione turistica.

Usciva poco e quasi mai da solo.

Si concedeva una passeggiata giornaliera, secondo un percorso abitudinario che aveva scopi altrettanto standardizzati: confermare la sua presenza in città, raccogliere i saluti e gli omaggi della gente, fermarsi a sorseggiare una tazza di caffè espresso nel rinomato Cordina Cafè.

Il ragionier Alfredo – dove e quando avesse conseguito tale diploma nessuno lo sapeva – era al centro, e probabilmente il creatore, dell'*ambiente Alfredo*; cioè di quell'ambiente che si occupava di tutto ciò che "produceva denaro" e creava "status sociale".

Nato a Palermo, cinquantacinque anni, elegante, furbo, fervente cattolico in pubblico – come s'addice ad un buon maltese per giunta di origini italiane – ma incallito giocatore e puttaniere in privato. Buono ma spesso equivocamente al servizio del male. Altruista e disponibile per indole ma anche accentratore ed egoista nel curare i propri affari.

Di modesta cultura – cosa che giustificava *i dubbi* su quell'ostentato titolo di *ragioniere* – ma sommamente rapido nell'apprendere, era soprattutto capace d'intuire e anticipare gli accadimenti economicamente sfruttabili.

Abile manipolatore. Costruttore edile, ben inserito nel mondo della politica maltese e più in generale in quella italiana e siciliana, che ben conosceva pur non frequentandola da molti anni.

Quel rispettabile italo-maltese, che amava indossare cappelli chiari a larghe falde, solo in particolari occasioni abbandonava la capitale dalle cento chiese.

La coincidenza del suo cinquantacinquesimo compleanno con il venticinquesimo anniversario di matrimonio si presentò come una di quelle *particolari* occasioni.

"Questa doppia ricorrenza" – disse Alfredo alla moglie Emma – *"dobbiamo festeggiarla in Sicilia, nella nostra cara Palermo"*.

Il tono era di quelli che non ammettevano repliche.

Ovviamente, la parte religiosa della ricorrenza non poteva che svolgersi presso l'amata cattedrale palermitana.

Quindi, quel "signore brizzolato", protagonista della

rappresentazione di morte, era proprio l'italo-maltese ragionier Alfredo Tònnaro, ancora ricordato a Palermo come *don Fredo*.

Forse, Alfredo aveva sottovalutato il fatto di essere ancora ricordato come *don Fredo*.

La nostalgia di Palermo l'aveva riportato in Sicilia e l'affettuoso ricordo per la festa di Santa Rosalia gli aveva fatto dimenticare ogni forma di prudenza. La cattedrale che lo aveva visto giocare bambino sotto il decorato portico lo faceva sentire al sicuro. Purtroppo per lui, a Palermo i luoghi sacri non proteggono dalle pallottole.

Alfredo Tònnaro, tale *dimenticanza*, non poteva e non doveva permettersela.

* * * * * * *

Ora, quel vestito di lino bianco, con una grossa macchia rossa sul petto, era disteso nella penombra del portico, sotto lo splendido portale costruito nel 1426 in occasione dell'incoronazione di Alfonso il Magnanimo.

L'incredibile immagine di quell'uomo a terra, circondato da gente ma da nessuno toccato – per rispetto e per paura – sembrava ironicamente giocare con le raffigurazioni del portico.

Infatti, in quel loggiato, nella parete tra le arcate ed il fregio del frontone, c'è la rappresentazione di un *"albero della vita"*. In esso, con un simbolismo caro alla cultura medioevale, si indicano le virtù che l'uomo deve esercitare per avere ragione delle sue debolezze ed essere così degno della Luce salvifica di Cristo.

Forse, Alfredo Tònnaro aveva dimenticato, in vita, di esercitare quelle virtù o, più probabilmente, *don Fredo* non era più ritenuto degno della "salvifica" luce palermitana.

Per circa cinque minuti, un silenzio irreale aveva trasformato la folla dei presenti in orchestrali immobili; sembrava che un invisibile maestro d'orchestra avesse lasciato a mezz'aria, sospesa, la sua bacchetta:
Poi, appena il sibilo della prima sirena della polizia arrivò nella piazza, le marionette ripresero a muoversi e la meravigliosa e drammatica sceneggiata del *"non c'ero... non ho visto... non ho sentito"* prese vita... e diventò vita.
La vita di una città bella e maledettamente sfortunata; come bella e maledettamente sfortunata era stata la vita di quell'uomo che giaceva tra il vociare indifferente della gente e degli uomini di legge, intervenuti per i rilievi del caso.

Un occhio, spiritosamente attento, avrebbe notato la drammaticità simbolica di quel contrappasso: il bianco cappello a falde larghe, che tutta la vita aveva coperto il capo di quell'uomo ricco e potente, era rotolato, rigirato, ai piedi del cadavere che appariva, ora, come un povero che usava il copricapo per raccogliere l'elemosina.
Ironia e dramma nella morte di un "piccolo potente" e, forse, anche di una città che non sa riscattarsi o non vuole emanciparsi.
Quei momenti drammatici e farseschi, conditi di silenzio e sceneggiata, di stupore e rabbia, di sorpresa e di già visto, erano stati vissuti dalla signora Emma Bratocco, moglie di Alfredo Tònnaro, come sequenze di un film del quale lei era semplice spettatrice.
Solo dopo, dopo l'intervento delle forze dell'ordine,

dopo che la scena era stata recintata, dopo che la confusione aveva restituito spazio alla calma, dopo che alcune persone avevano focalizzato l'attenzione sull'enorme cappello merlettato nero che copriva parte di un viso delicato e smunto, solo dopo… la signora Emma emise una specie di sofferente lamento e si lasciò cadere.

Fortunatamente, quello svenimento in diretta, era stato seguito da due signore, elegantemente vestite, che avevano fatto in tempo a raccogliere il corpo della poverina.

Distesa sul nudo pavimento – con i medici già sul posto che cercavano di rianimare quel corpo preda di un naturale mancamento – la signora Emma sembrava più morta dell'assassinato marito.

Poi, allontanate le persone che facevano capannello, sollevate garbatamente le gambe, adeguatamente ossigenato, quel corpo, fasciato in un lungo abito nero, cominciò a dare segni di vita. Ora anche il viso, che per l'assenza del cappello era esposto totalmente al sole, sembrava meno ceruleo.

La signora si era ripresa, almeno nel fisico; ma la drammaticità di quella scena, probabilmente, l'avrebbe segnata per tutta la vita.

Certamente, quei vili colpi di pistola, insieme alla vita del marito avevano preso anche la sua.

Che senso avrebbe avuto l'esistenza della fragile signora Emma senza il ragionier Alfredo?

Come poteva lei, riservata cattolica e timida madre di famiglia, pensare di mettere mano in quel giro di affari – fatto di compromessi politici, appalti e relazioni equivoche – che avevano caratterizzato la vita del notabile marito?

Il suo futuro, in un attimo, le volò davanti agli occhi come un uccello impazzito, terrorizzandola.

Anche il tornare alla vita di sempre la spaventava: monocolore, in una terra non sua, che la chiamava e la respingeva, ma che rappresentava l'unico rifugio possibile, anche se piatto e grigio.

Di un grigio che catturerà tutta la sua vita futura e dal quale difficilmente riuscirà a liberarsi.

Capitolo secondo

Tre ore dopo *l'ammazzatina,* il cadavere di *don Fredo* era sistemato in una celletta frigorifera dell'obitorio cittadino; mentre, sotto lo splendido portico della cattedrale, sugli antichi lastroni in pietra, restava il segno bianco di una sagoma che i passanti fingevano d'ignorare ma che mille occhi discretamente cercavano e indicavano, quasi per avere conferma di quella notizia che aveva già fatto il giro della città, e non solo.

Il pomeriggio seguente, i parenti del defunto ragioniere erano riuniti presso l'obitorio.

In abiti rigorosamente scuri, uomini e donne, formavano una macchia nera sotto il cocente sole estivo.

Parlottavano a bassa voce, ma si leggeva, dai volti e soprattutto dagli atteggiamenti, che quella gente stava sopportando, oltre al dolore, il peso d'interrogativi ai quali bisognava dare urgenti risposte: "Chi aveva deciso di eliminare don Fredo? Perché? E perché una morte così plateale per una persona che non viveva a Palermo? Chi doveva intendere... e soprattutto che cosa?".

Tanti interrogativi che, in quel giorno e quel luogo, erano importanti quanto la stessa presenza delle persone.

L'assenza di qualcuno, infatti, non poteva e non doveva essere letta come una semplice "impossibilità a partecipare".

Dubbi e sospetti trasformavano quella gente, dal volto triste, in un sodalizio di parenti-compari ai quali si chiedeva tanto coraggio per esserci e altrettanto per non esserci.

Pur senza nominare alcuno, tutti avevano fatto la conta con gli occhi e ognuno dava una propria "interpretazione" per le assenze.

Insomma, l'incontro di quel pomeriggio presso l'obitorio, più che un ritrovarsi per elevare una preghiera di suffragio in onore del defunto, era un incontro tra "compari" che rinsaldavano le fila per il timore di un personale coinvolgimento.

Ciò non escludeva che ci fosse dolore, anche profondo.

Significava solo che a Palermo, in certi ambienti, la morte è sempre associata ad una "particolare" profonda riflessione. Riflessione che quasi mai mette al primo posto l'etica della morte e, di solito, non prescinde da risvolti politici, sociali, familiari e di "appartenenza".

L'uccisione di *don Fredo* non sfuggiva a questi canoni; anzi, imponeva riflessioni più profonde, proprio perché i messaggi trasversali, se c'erano, apparivano poco chiari.

Intanto, l'esteriore mesto atteggiamento di dolore di quel nucleo familiare allargato, diveniva sempre più manifesto, man mano che si avvicinava il momento dell'arrivo del figlio del defunto Alfredo.

Il giovane rampollo stava rientrando dall'estero, dove si era stabilito per completare un percorso di studi postlaurea.

Il laureato di casa Tònnaro, negli ultimi anni, aveva avuto scarsa frequentazione con la famiglia, per cui, quell'incontrare il padre sul cataletto dell'obitorio, rappresentava contemporaneamente ritrovare e perdere una parte essenziale delle proprie radici.

Il giovane arrivò con qualche ora di ritardo e il custode della camera mortuaria gli permise di entrare solo pochi minuti; il tempo necessario per una veloce preghiera e una carezza sul viso di quel cadavere che già sembrava di un altro.

La mattina successiva, di buon'ora, il giovane stava nuovamente in quella vuota stanza, dove ora poteva fermarsi in solitario raccoglimento e serenamente riflettere e pregare.

La sera precedente, a casa, l'incontro con l'addolorata mamma fu straziante, pur nelle rispettive compostezze: la signora Emma perché già a lungo provata, il giovane per la religiosa formazione ricevuta, che lo portava a considerare la morte come momentaneo distacco dagli affetti terreni e perenne ricongiungimento al Creatore della vita.

Forza della fede!

Fede che quel giovane in clergyman diffondeva con compostezza intorno a sé.

La luce del giorno, infatti, aveva restituito una realtà: il giovane che la sera precedente sembrava indossare un generico abito grigio, fu visto nella sua tenuta clericale, con il colletto bianco alla romana e con una piccola croce appuntata all'occhiello sinistro della giacca.

Il figlio di *don Fredo* era un sacerdote!

* * * * * * *

Le dichiarazioni ufficiali parlavano di "cadavere a disposizione dei magistrati"; in realtà, chi stava conducendo le indagini su quell'omicidio anomalo, non per la modalità ma per il personaggio, stava prendendo tempo, aspettando "movimenti e riposizionamenti" nelle fila della malavita locale. Non ci volle molto, comunque, per capire che quell'*ammazzatina*, ancorché avvenuta con modalità mafiose, era inquadrabile certo in un regolamento di conti, ma non legato a fatti recenti e rilevanti tra clan del territorio.

Niente si muoveva e gli informatori tacevano; per la polizia era la conferma del loro teorema.

Il corpo del "maltese" Alfredo Tònnaro poteva essere consegnato ai familiari.

Ci vollero ancora tre giorni per assolvere tutti gli adempimenti burocratici legati al trasferimento del feretro; poi, esattamente dopo sei giorni dalla spettacolare e brutale esecuzione, il freddo corpo di *don Fredo* si trovava, circondato dai parenti più stretti, su una nave che viaggiava in direzione La Valletta.

La piccola capitale maltese – che per giorni, appena arrivata la notizia dell'assassinio del ragioniere-imprenditore, aveva espresso pubblico stupore e dispiacere, ma anche prolungati parlottii e qualche indifferente alzata di spalle in privato – sembrava aver esaurito il chiacchiericcio, fatto di lodi e maldicenze.

Il passaggio di quella salma non lasciava indifferenti; le strade del centro erano piene di fiori, anche se la vita, almeno quella degli isolani comuni, continuava con i propri ritmi, in quel crogiolo di razze e lingue che rende unico l'arcipelago maltese: riservato e dignitoso, ma anche vivace e passionale.

Il giorno dopo, invece, la partecipazione fu tanta e commossa. Soprattutto, nessuna mancava delle persone importanti dell'isola.

Sembrava una sacra processione che si snodava non al seguito della statua di un Santo o della Vergine, ma di una cassa da morto di lucido noce con maniglie dorate.

E il percorso era proprio quello seguito dalle solenni processioni religiose.

Infatti, il feretro portato a spalle, dopo una breve sosta all'ombra dell'Upper Barracca Gardens, aveva percorso le principali vie della città e riscosso l'omaggio dei tanti maltesi che, a testa china, si segnavano cristianamente.

Quando la bara aveva raggiunto il piazzale della St. John's co-cathedral, il resto del mesto corteo occupava ancora tutto il primo tratto di Triq Ir-Repubblika.

* * * * * * *

La Co-Cattedrale di Malta, dedicata a San Giovanni Battista, è un monumento unico, di rilevanza internazionale; è la chiesa più imponente della Valletta ed anche il principale luogo di culto dell'Ordine dei Cavalieri.

In passato, i Gran Maestri e i Cavalieri donarono opere di grande valore e impreziosirono la chiesa scegliendo tra le pregevoli creazioni prodotte dai più grandi maestri dell'epoca.

Divenne così, questo sacro luogo, l'espressione artistica più imponente e maestosa dell'alto barocco.

Il papa Pio VII, nel 1816, la elevò al rango di cattedrale, un grado fino allora riservato alla sola cattedrale di Mdina; per questo motivo assume, ancora oggi, il nome curioso di co-cattedrale.

* * * * * * *

La splendida chiesa di San Giovanni Battista, in quella triste ricorrenza, abbracciò nel suo stupendo barocco un popolo assai eterogeneo: familiari e parenti, politici e imprenditori, nobili e Cavalieri dell'Ordine, gente comune e curiosi turisti richiamati da quel lungo corteo che sembrava spingere per trovare posto nell'immenso spazio del sacro tempio.

Anche la celebrazione era fuori dall'ordinario: officiava l'arcivescovo di Malta, concelebravano altri due prelati, di cui pochi conoscevano la provenienza, e coadiuvavano un gran numero di sacerdoti che, con i loro paramenti viola, aggiungevano splendore al lussuoso barocco giallo-oro.

Ovviamente, a fianco dei vescovi celebranti, c'era il reverendo don Julian Tònnaro, con la sua dignitosa sofferenza.

Capitolo terzo

Nella co-cattedrale trascorreva molte ore della sua giornata il giovane sacerdote don Julian Tònnaro che, da quasi tre anni, era responsabile religioso di quella parrocchia cattolica di singolare ricchezza e di eccezionale valore simbolico.

In chiesa, quel prete si muoveva quasi assorto, come sospeso tra l'ampia navata centrale, con la volta a botte, e lo splendido pavimento di marmo intarsiato, costituito da circa 400 lastre tombali.

La sua, però, era una presenza vigile, consapevole di essere il custode e il curatore di un capolavoro unico al mondo.

Don Julian, ventinove anni, educato e capace, seriamente dedito alla sua missione clericale, formatosi presso il pontificio seminario vaticano, abbinava alle conoscenze religiose una profonda cultura umanistica, che diventava di eccellenza quando si trattava di arte sacra, in tutte le sue forme e manifestazioni.

A osservare attentamente il giovane prete muoversi nello scrigno d'arte che ogni mattina lo vedeva officiante, si aveva la sensazione che quel compunto religioso fosse cresciuto troppo in fretta.

Chi avesse fatto tale osservazione, non avrebbe certo

sbagliato: l'adolescenza, e parte della gioventù, don Julian l'aveva trascorsa a Roma, lontano dalla famiglia.

Il suo rientro definitivo a Malta era avvenuto in occasione della morte violenta del padre; l'episodio condizionò da subito la salute della madre Emma che, nel volgere di pochi mesi, fu afflitta da una malattia del sistema nervoso.

Queste vicende avevano lavato dal volto del prete i sorrisi della sua giovane età, sostituendoli con la serietà dello studioso; ma chi lo conosceva bene sapeva che don Julian, anche crescendo in altro luogo e situazione, non sarebbe stato molto diverso.

Quell'uomo era troppo intelligente per non essere problematico e dubbioso; era sempre voglioso di *capire* e per questo costantemente impegnato in studi e ricerche negli ambiti più vari, soprattutto nella *esplorazione* di credi e religioni da comparare con la sua fede, tanto profonda quanto carica di troppe domande e poche risposte.

Risposte che, anche quando c'erano, non sempre erano sufficienti a placare l'ansia dello studioso Julian e, spesso, servivano poco anche per confortare le certezze del prete Julian.

Per il ministero della penitenza il sacerdote aveva particolare predisposizione, ad esso dedicava tempo e attenzione.

Sapeva, da cultore del dubbio, che decidere d'inginocchiarsi davanti alla Divinità per chiedere misericordia, significa aver già riallacciato il legame con Dio; il resto, perdono compreso, dipende dalla riflessione interiore, figlia e sorella della voce che scaturisce dal silenzio profondo.

In quel silenzio, don Julian sapeva entrare con molto tatto, avendo cura di non sovrapporre la propria voce a quella della coscienza del penitente; mai ad essa si sostituiva né la incalzava.

Spesso, per la recita dell'ora media, si rifugiava nel suo confessionale di legno scuro, finemente intarsiato; qui, nella concentrazione, anche lui ascoltava i suoi silenzi, mentre era disponibile per qualche penitente che, in quell'orario di minore affluenza, trovava il coraggio per depositare le proprie colpe sulle spalle dell'Uomo della Croce, morto proprio per redimere le umane colpe.

Don Julian era un perfetto mediatore della Grazia. Inginocchiarsi nel vano quasi buio del suo confessionale, per liberarsi dalle colpe o solo per avere dei consigli, significava alzarsi risollevato. Uomini e donne, giovani e vecchi, tutti traevano vantaggio: ricchezza di grazia e umani saggi consigli restituivano pace e serenità.

La stessa fortuna non toccava al povero mediatore: a lui non sempre era concesso di uscire dal suo confessionale senza turbamento d'animo.

Il sacerdote che sapeva accogliere e rincuorare il penitente era anche uomo; come tale, sommava le altrui miserie alle proprie e ne faceva elemento di riflessione e di profonda inquietudine.

Mentre la recita dell'ora media, che divide a metà la giornata delle orazioni, teneva impegnato don Julian, qualcosa di sconvolgente stava per accadere in quella chiesa; qualcosa che avrebbe segnato per sempre uno spartiacque nella sua vita.

* * * * * * *

Un uomo entrò nel confessionale attraverso la porticina a sinistra, quella più in ombra, e s'inginocchiò; si abbassò ulteriormente sugli occhi il cappello a falde che già copriva ampiamente la sua fronte; abbozzò un rapido segno di croce e, senza aspettare l'intervento del prete, cominciò a parlare.

La sua voce era chiara e allo stesso tempo tenebrosa, come ciò che stava confessando.

Era un fiume in piena: elencò in maniera lucida fatti, situazioni e date; senza dubbi né tentennamenti; non concesse spazi per interruzioni, pur raccontando senza fretta.

Gli unici, brevi ma frequenti intervalli nella sua narrazione, erano rappresentati da uno strano soffio aspirante, quasi asmatico, che prima s'imprimeva in maniera indelebile nel cervello e poi si depositava, strano e riconoscibile, negli orecchi. Impossibile da dimenticare!

Terminato il puntiglioso resoconto, l'uomo tacque; sembrava stanco.

Anche chi aveva raccolto quelle confidenze, sembrava stanco.

Più che di un normale incontro tra un penitente e un ministro, in quel confessionale si erano concretizzate le confidenze di un uomo a un altro uomo.

Infatti, chi aveva parlato – pur se a testa china, senza arroganza e nel rispetto del luogo – lo aveva fatto con un retto tono agghiacciante, che né tradiva emozioni né mostrava pentimento.

L'altro, chi aveva ascoltato, in quella situazione avrebbe solo potuto fare il ragioniere e, con penna e carta, appuntarsi quella sfilza di malefatte che coprivano vent'anni di losche attività.

Non era il caso di don Julian.

Lui aveva ascoltato attentamente, ad occhi chiusi, con la pena nel cuore e tanta umana comprensione per chi, semi-inginocchiato nel suo piccolo spazio, aveva saputo sorprenderlo fino all'ultimo momento, quando, prima di zittirsi, aveva detto:

"Cinque anni fa, ho assassinato su commissione un importante personaggio italo-maltese, a Palermo.

Forse ne ha sentito parlare; era un certo don Fredo; mi dissero che meritava di morire… ma era un uomo di rispetto".

Un brivido aveva invaso l'uomo nel confessionale;

la sua mente in subbuglio era stata spiazzata e spezzata; la sua concentrazione spazzata via.

Al brivido aveva fatto da immediato contraltare una sudorazione anomala, che poteva essere controllata solo uscendo da quella sacra cabina che lo soffocava.

L'uomo aveva bisogno di aria ma il ministro non poteva abbandonare in quel momento la sua missione, non poteva non completare il rito sacramentale, non poteva sporgersi per vedere chi parlava, non poteva…

Concluse benedicendo; forse, non doveva e non voleva; ma lo fece.

Poi, restò per interminabili attimi a occhi chiusi, respirò profondamente, scostò la pesante tendina di panno color viola e uscì, …troppo lentamente per la sua giovane età.

La porticina della cabina era aperta, l'uomo non c'era più; il penitente, forse, non c'era mai stato.

Restava il prete… e il suo fardello, mentale e spirituale.

Restava, soprattutto, un'assurda doppia domanda per

un confessore: "Chi aveva confessato quella colpa? ... Chi era il mandante?"

Grave e imperdonabile pretesa per un ministro di Dio... ma naturale e comprensibile atteggiamento per un uomo.

Ancora di più... per un figlio!

Infatti, a quel giovane prete, l'uomo senza volto, allontanatosi in fretta dalla buia cabina, aveva appena confessato di essere stato l'assassino di suo padre.

Il penitente, da pochi giorni in città, nulla sapeva del confessore e questi non poteva sapere chi si era liberato di quella colpa.

Disegno di Dio o umano scherzo del destino?

Le due vite, ora, erano legate dallo stesso segreto: la morte violenta di Alfredo Tònnaro; per il prete, l'amato padre, per l'altro, un uomo da eliminare per soldi, senza odio.

Capitolo quarto

Il centro abitato di Mdina ha un fascino suggestivo.

Il suo ricco patrimonio architettonico fatto di statue, palazzi, chiese, cupole e muri, è stato quasi interamente edificato in globigerina, pietra calcarea di colore giallo denso e caldo, simile al miele, che si rivela in tutto il suo splendore al levare e calar del sole.

Alla cittadina si accede attraverso il ponte che scavalca il fossato della cinta muraria e conduce alla porta principale, in stile barocco; il varco è fiancheggiato da sculture leonine.

Attraverso alcune piazzette, che ospitano mirabili facciate di antichi palazzi, si raggiunge la via principale, sulla quale si affacciano magnifiche chiese e dimore nobiliari, con splendidi cortili.

L'ex capitale maltese è unica nel suo genere: edificata in epoca medievale, di solito è immersa in un'atmosfera di pace assoluta, disturbata solo dal rintocco delle campane a ogni ora.

Mdina è definita la *"città silenziosa"*; nei suoi vicoli si respira l'emozionante atmosfera di un passato ricco di storia; si difende dagli assalti della modernità accompagnando fuori dalla cinta muraria, ogni sera, i numerosi turisti che di giorno la visitano.

Di notte la città resta chiusa.

Il vivere in solitudine lo spettacolo della luna che riflette i suoi raggi sulla globigerina, le consente di rigenerarsi, facendosi trovare pronta, il giorno dopo, per fronteggiare un nuovo assalto di turisti, ...che mai la conquisteranno.

Non tutti i visitatori che di giorno popolano Mdina sono vacanzieri; tra loro, spesso, si confondono ricchi uomini d'affari che concludono i loro accordi tra quelle splendide viuzze, non munite di telecamere per la videosorveglianza.

Una bella comodità per chi non vuole mostrarsi a occhi indiscreti.

* * * * * * *

In questa particolare atmosfera cittadina, che all'occorrenza sa avvolgere e uniformare le persone più diverse, due uomini, dissimili per abbigliamento, fisico e comportamento – ma soprattutto con voci caratteristiche e difficilmente confondibili – passeggiavano come normali turisti.

Non erano turisti e "normali" potevano apparire solo ai non isolani. Agli altri, i maltesi e i frequentatori dell'arcipelago, quei due personaggi erano molto noti, pur non essendo abitanti di Mdina né della vicina importante Rabat.

"La consegna deve avvenire dopodomani, giovedì, alle ore undici, davanti al palazzo del Museo di Storia Naturale.

Il mio uomo indosserà un vestito chiaro con scarpe blu; quella sinistra avrà il laccio slegato; quando si piegherà per riallacciarlo gli lascerete accanto il solito zaino... quello col profilo giallo di Gozo. Per tutto il tempo dell'o-

perazione resterai seduto al caffè sul terrazzo di Palazzo Falcon; un ragazzo ti avvertirà quando potrai alzarti".

Dopo una breve pausa, aggiunse:

"Sai che ti succede se qualcosa andrà storto... o se tenterai di allontanarti prima...".

A parlare era stato il commendator Vito Sangraziano e lo aveva fatto con molta calma.

I particolari, affatto superflui, servivano a garantire il buon fine dell'operazione, la cui compromissione avrebbe prodotto esiti non rimediabili.

L'altro uomo, che si era limitato ad annuire piegando leggermente il capo come se non avesse diritto di replica, non sembrava impressionato; quei discorsi appartenevano alla sua quotidianità e alle sue frequentazioni.

Lui era Mark Saliba, che gli italiani conoscevano come *"Catena d'oro"*, personaggio di spicco tra i malavitosi dei porti maltesi.

Il suo nome, nell'ambiente, pesava come la vistosa catena d'oro che portava al collo, perennemente in mostra.

In sua presenza erano parecchi a calare la testa, non per rispetto ma per timore.

Comunque, la sua squallida fama non riusciva a trarre lustro dai contatti, in verità rari, con il commendator Vito.

Non era la prima volta che tra i due c'era un contatto così "riservato e diretto", questo però non significava che agissero su livelli paritari.

Il Commendatore non limitava i suoi interessi agli ambiti locali come Mark; anche se gli affari di questi erano quantitativamente rilevanti.

Catena d'oro non era uno sprovveduto e, pur illudendosi di essere utile ai poteri forti dell'isola, sapeva che a certi livelli nessuno era ritenuto indispensabile; pertanto i suoi servigi, come spesso gli veniva ricordato, dovevano essere forniti con "discrezione, precisione e correttezza", benché non riguardassero propriamente attività benefiche.

Il commendator Vito Sangraziano, solo da poco a Malta, era già diventato il più importante banchiere della Valletta.

Dimorava abitualmente in uno splendido palazzo settecentesco nella centrale Triq Melita, all'angolo con Triq Ir-Repubblika, anche se spesso si spostava nella più grande e moderna villa presso i bastioni di S. Pietro e Paolo, a ridosso dell'Upper Barracca Gardens.

Quella residenza, che gli consentiva di manifestare tutta la sua potenza, non solo economica, gli offriva altri due vantaggi: una visione magnifica sul Grand Harbour e una "favorevole vicinanza" ai suoi molteplici affari sul porto.

* * * * * * *

Vito, il futuro commendatore e banchiere, figlio di un noto mafioso siciliano, era nato in un quartiere centrale di Palermo, dove era vissuto fino a quando, giovane studente, si era trasferito a Roma per gli studi universitari.

Nel periodo trascorso nella capitale italiana, fu ospite – per intrecci paterni che neanche lui ben conosceva – di un nobile amico di famiglia che abitava in piazza Cavalieri di Malta, sul colle Aventino, a ridosso del complesso di Santa Maria in Aventino, angolo di Roma permeato di pura grazia settecentesca.

Il giovane studente non capì mai esattamente quale fosse l'attività del suo nobile ospitante e mecenate.

Fu grazie a questi, però, che si trovò a frequentare quell'eccezionale complesso che accoglie la bellissima chiesa di Santa Maria in Aventino e la Villa Magistrale dell'Ordine di Malta, sede del Gran Priorato romano, dell'Ambasciata dell'Ordine presso la Santa Sede e dell'Ambasciata dell'Ordine presso la Repubblica Italiana.

Insomma, un vero piccolo Stato con proprie regole, funzionari e dignitari.

I contatti di Vito con l'Ordine, e le successive frequentazioni, avvennero lentamente, quasi per gradi.

Inizialmente, il giovane era attratto soprattutto dal fascino del luogo; sia da quello artistico (architettura, statue e incisioni dei molteplici simboli dell'Ordine) sia da quello paesaggistico (era affascinato, ad esempio, dallo spettacolo che si gode dal Portale d'accesso principale che consente di vedere, attraverso il buco della serratura, tre Stati: Ordine di Malta, Repubblica Italiana e Vaticano).

In seguito, fu spiegato a Vito che i Cavalieri Templari avevano preceduto i Cavalieri di Malta in quella sede aventiniana.

Anch'essi avevano lì avuto il loro Priorato e, dopo la soppressione avvenuta agli inizi del 1300, alcuni dei loro beni passarono all'Ordine di Malta.

Il periodo universitario fu, per il giovane Sangraziano, palestra culturale e fucina per conoscenze che sarebbero tornate assai utili in seguito; inoltre, costituì quasi involontaria iniziazione a quel mondo fatto di Ordini cavallereschi e associazioni esoteriche che affascinavano la sua mente di studente curioso e che, in futuro, lo avrebbero totalmente coinvolto.

In definitiva, quella giovanile permanenza romana avrebbe lasciato il segno.

Vito Sangraziano era coetaneo di Alfredo Tònnaro e come lui, fin da adolescente, aveva vissuto ai bordi della malavita, subendo il fascino di quel mondo misterioso e da baciamano che apparteneva al padre e del quale il vecchio genitore andava fiero.

Vito, solo geograficamente lontano da quel mondo, in realtà ne aveva raccolta l'eredità, pur intessendo la sua capacità malavitosa più di ostentata potenza che di organizzazione spietata.

Ovviamente, la situazione di borderline non resse all'impatto con i molti e facili soldi e Vito si trovò in un contesto che, se non era mafioso in senso classico, lo era come forma e modello di vita; compresa quella apparentemente altolocata e perbenista dell'alta finanza e delle società segrete.

Lo stile, il ben vestire e i modi raffinati mascheravano bene l'indole arrogante e rancorosa che lo rendevano pericoloso, anche perché mai usciva senza la pistola; ne possedeva una decina di varie forme e pregio, che utilizzava in perfetto abbinamento col suo vestire.

Non avesse avuto i capelli neri e gli occhi scuri, che tradivano le sue origini mediterranee, si sarebbe potuto identificare come un perfetto gangster americano.

Da giovane, Vito – prima che Alfredo conoscesse e sposasse la bellissima Emma Bratocco – era stato innamorato della stessa ragazza, e neanche tanto segretamente, poiché erano dovuti intervenire i genitori della giovinetta per liberarla dalle sue eccessive attenzioni e pretese.

Il borioso Sangraziano non aveva mai del tutto digerito quel rifiuto, che riteneva un'offesa al prestigio della sua famiglia (*"Questi dimenticano chi è mio padre"*, ripeteva spesso in quel periodo) e alla sua persona ("*Gli arricchiti Bratocco nulla sanno della gente e degli ambienti romani che frequento, ...si pentiranno!"*).

In seguito, quando Vito seppe che ad Alfredo, il giovane figlio dei Tònnaro, era stato concesso di frequentare la bella Emma e che questa lo aveva accettato, cominciò a considerare il rivale in amore come suo personale nemico.

Negli anni successivi, per quell'immotivato non sopito rancore, tra i due rampolli siciliani mai sarebbe corso buon sangue e i contatti si sarebbero limitati a quelli occasionali o inevitabili.

Proprio in uno di quegli incontri, il destino ha fatto cadere il seme del veleno.

In un locale pubblico, presente un folto gruppo di amici, ad una battuta provocatoria lanciata con bullo atteggiamento da Vito, arrivò rapida e spavalda la risposta di Alfredo:

"Tu, Vito Sangraziano, rifiutato dai Bratocco e incapace di conquistare una ragazza, puoi vivere solo all'ombra di tuo padre" – poi, alzando beffardo la voce, continuò – *"Emma mi ha preferito a te... ma non preoccuparti, parteciperai alle nozze... da invitato"*. E sorrise.

Il seguito fu violenza, contusioni, intervento delle forze dell'ordine e minacce (di prammatica in quell'ambiente, ma non per questo senza futura efficacia).

Qualcuno giura di aver visto proprio nello stesso locale,

alcuni giorni dopo, i due spacconi stringersi la mano, a testa bassa, alla presenza dei rispettivi padri.

La tregua voluta dai capifamiglia e gli equilibri ristabiliti nei quartieri non significavano, automaticamente, offese rientrate e minacce dimenticate tra i giovani Vito e Alfredo, arroganti e rancorosi.

* * * * * * *

Vito, Alfredo ed Emma – come molti altri giovani della Palermo che contava – facevano parte di quei siciliani che nascevano già con nemici pronti a ucciderli e amici disposti a difenderli con la propria vita.

A loro si chiedeva solo di non modificare quei rapporti, stratificati da anni.

I genitori di Emma, da sempre proprietari di farmacie, trasferiti da Messina a Palermo, si trovarono quasi per caso coinvolti in "faccende" di spartizione della città.

Il dottor Luciano Bratocco, più abile a maneggiare polveri per preparazioni farmaceutiche che polveri da sparo, non si fece intimorire dalla prepotenza che cercava di condizionare i suoi affari.

La moglie, invece, persona colta e mite, non vedeva l'ora di allontanarsi da quella facile violenza.

Perciò, quando si presentò l'occasione di espandere la propria attività, prima alla Valletta e poi, eventualmente, anche a Gozo, convinse il marito a tentare l'avventura nell'arcipelago maltese.

In un periodo diverso, anche il giovane Alfredo Tònnaro aveva ritenuto più "salutare" per i propri affari spostarsi a Malta.

Quali fossero questi affari, non era del tutto chiaro.

I Sangraziano, invece, avevano seguito altri percorsi.

Da Palermo si erano trasferiti a Roma, apparentemente per seguire il figlio Vito, per il quale, dopo la laurea, si erano creati spazi e opportunità in ambienti vicini alla politica e all'alta finanza.

I genitori erano orgogliosi di Vito: il giovane era stato abile e rapido nell'assimilare quel sistema affaristico che produceva più soldi con l'eleganza che con la pistola.

In ogni caso, benché meno rischiosa e più redditizia, quella vita non era propriamente facile; inoltre, la distanza tra Roma e la Sicilia poteva non essere abbastanza per "sentirsi al sicuro"… perché si stava comunque in Italia.

Perciò, alcuni anni dopo, passato a miglior vita il vecchio Sangraziano, Vito decise di spostare i suoi affari a Malta.

Il suo trasferimento non era una migrazione; tutto era stato programmato e motivi e interessi erano chiari e ben definiti.

Inoltre, un'importante organizzazione, già presente sull'isola, aveva tutto predisposto per accoglierlo come meritava.

I Sangraziano, i Tònnaro e i Bratocco, anzi, più specificatamente i loro figli (Vito, Alfredo ed Emma) e nipoti maltesi, ben presto avrebbero visto le loro vite intrecciarsi.

Capitolo quinto

Negli ultimi mesi, don Julian, il reggente della co-cattedrale di S. Giovanni Battista, non era più lo stesso.

Dopo la confessione shock raccolta dalla voce particolarissima dell'assassino di suo padre, era profondamente cambiato.

Di notte non riusciva a dormire, tormentato dal ricordo di quella voce non asmatica ma stranamente "aspirata"; di giorno la cercava in ogni persona che parlava e, quando gli sembrava di riconoscerla, chiudeva gli occhi per verificarne la somiglianza. Niente!

Ogni delusione diventava una nuova sofferenza e ogni sofferenza si trasformava in strazio, che minava il corpo, la mente ed anche le sue certezze di fede.

In pratica, all'umana angoscia, si aggiungeva il tormento di quel pensiero ossessivo, che non gli lasciava la serenità per esercitare a pieno il suo ministero.

Da qualche settimana, non aveva più la giusta serenità per entrare in confessionale: per evitare la lotta con i propri fantasmi, rifiutava le confessioni.

Questo limitava colpevolmente il suo sacerdozio; la consapevolezza che negare le confessioni significava vivere in peccato, gli rendeva problematica la celebrazione della santa messa e la somministrazione degli altri sacramenti.

Nessun lenimento, a tale interiore tormento, arrivava dalla razionalità dello studioso.

Anzi, ragionamenti e riflessioni, servivano solo a evidenziare la gravità della colpa: la sua lontananza dal confessionale, non consentiva ai penitenti di riallacciare il rapporto con Dio. E anche questo pesava.

Una decisione appariva non più procrastinabile, se si voleva salvare una stabilità mentale già vacillante.

Poi… la soluzione era maturata, anzi no, era "arrivata"; forse, non per volontà propria.

Certo, non andava nella direzione che la sua anima desiderava.

La mente, messa a dura prova da tormento e mancanza di sonno, probabilmente aveva impedito scelte più sagge.

Si convinse: avrebbe cambiato vita; abbandonato il sacerdozio!

L'unico dubbio che restava – non di poco conto, almeno per lui – era come e quando riferire tutto ai suoi superiori.

E don Julian, uomo dubbioso e umanamente provato ma non vile, non avrebbe perso tempo.

La scelta era fatta ma, ora più che mai, lui aveva bisogno di riflettere; così decise – come sempre faceva quando voleva restar solo con se stesso – di recarsi ancora una volta, forse l'ultima, in quell'angolo che costituiva il suo umano "pensatoio": sedersi davanti alla pala d'altare che il Caravaggio realizzò nel 1608.

In assoluto il più importante dipinto di Malta.

Tramite suggestivi contrasti di luce e ombra, il pittore raffigurò, con grande realismo, la *Decollazione di san Giovanni Battista*.

Il prete, seduto in riflessione, non si sentiva un semplice osservatore di quella meraviglia; la compenetrava, diventandone parte integrante e – in sintonia con il soggetto macabro del quadro (Caravaggio lo firmò nella chiazza di sangue sul pavimento in cui si legge 'fr. Michelang') –avvertiva e condivideva tutta la sofferenza dell'artista che, come lui, in varie occasioni fu chiamato a scelte difficili.

Sapeva, il dotto don Julian, che Michelangelo Merisi da Caravaggio aveva trascorso un anno della sua vita a Malta… e non era stato un periodo facile!

Tra l'uomo Julian e l'artista Caravaggio c'era la condivisione del senso intimo della religiosità: il motivo religioso è anche sociale, perché il divino si rivela negli umili e nelle tribolazioni.

Assorto nei suoi pensieri, stanco e già lievemente risollevato per la decisione assunta, il prete si addormentò.

Forse.

* * * * * * *

Un taxi giallo, attraverso un labirinto di stradine contorte, si era lasciato alle spalle il centro di Istanbul e stava oltrepassando il muro di cinta della metropoli, diretto verso il rinomato quartiere Eyüp.

Dopo pochi chilometri, l'auto si era fermata davanti all'entrata principale del monumentale cimitero antico.

Pagata la corsa e ritirata la ricevuta, Julian aveva detto al tassista:

"Allora… l'aspetto fra tre ore, davanti all'ingresso della moschea", mentre, con un cenno della testa, indicava l'adiacente famosa moschea Eyüp Sultan.

Prima di scendere salutò con una delle poche parole turche che conosceva: – *"Hoşçakal!"*.

"Hoşçakal!" – aveva risposto il tassista, con una pronuncia totalmente diversa e un lieve sorriso a sottolineare che aveva gradito il saluto nella sua lingua.

Poi, confermato l'appuntamento indicando l'ora sul proprio orologio, partì.

Julian, fece un giro su se stesso per avere un quadro d'insieme di quel luogo stupendo.

Si trovava davanti all'antico cimitero ottomano di Eyüp, luogo di sepoltura di Eyüp Ensari, compagno e alfiere del Profeta Maometto che, arrivato a Costantinopoli con l'esercito arabo durante il primo tentativo di conquista musulmana della città, fu ucciso e come suo ultimo desiderio volle essere sepolto lì.

Il villaggio di Eyüp è meta di pellegrinaggio di musulmani provenienti da tutto il mondo.

La sua dimensione sacra (secondo la tradizione, su una pietra c'è l'impronta del Profeta Maometto) lo ha reso luogo ideale per la contemplazione.

L'élite facoltosa vi ha costruito moschee e fontane ma, soprattutto, ha scelto Eyüp quale luogo di sepoltura per i propri cari.

Grandi mausolei affiancano le strade che circondano la Moschea, mentre i boschetti di cipressi sulle colline del villaggio ospitano le pietre tombali della gente comune.

Julian era lì in visita.

Percorse pochi metri e varcò il cancello.

Il Cimitero di Eyüp è tra i più belli di Istanbul e gode di una splendida vista sul Corno d'Oro.

Camminare per il sentiero serpeggiante che porta in collina, tra migliaia di colonne ricche d'incisioni secondo l'uso musulmano, di tombe, di cipressi, con la nebbia spesso presente... è un'esperienza irripetibile.

Julian, pur incuriosito e ammirato, si muoveva tra tombe e colonne come seguendo una guida occulta; procedeva con sicurezza ma senza fretta; vedeva ma non osservava; leggeva quelle incisioni turche senza capirle; cercava qualcosa... ma non sapeva cosa.

Improvvisamente si fermò; si girò di scatto, come chiamato da qualcuno, ebbe un attimo di esitazione poi, deciso, svoltò alla sua sinistra e imboccò il *Viale dei Ricordi*, in fondo al quale si staglia un'imponente costruzione semicircolare in pietra bianca; dal suo basamento s'innalzano quattro colonne che vanno a delimitare cinque finestroni con fitte griglie di ferro. Tre ampi gradini circondano la costruzione.

È il monumentale *Chiosco della Memoria*.

Sui gradini stavano sedute due persone, assorte in preghiera.

Quando Julian fu abbastanza vicino, l'orante più anziano sollevò il capo, lo fissò come se da tempo fosse in sua attesa, poi, con un piccolo gesto della mano, gli indicò di girare intorno al chiosco.

Julian si mosse come se sapesse perfettamente dove andare e perché. Non era così!

Raggiunta la parte opposta all'abside del chiosco – dove la facciata racchiude un magnifico ingresso parzialmente adornato da coloratissimi vetri – si trovò dinanzi a tre stretti viali, due dei quali, alberati, erano stranamente sbarrati da ostacoli provvisori; il terzo viale era formato da due file parallele di colonne, di vari stili e fatture, che adornavano le tombe poste a destra e sinistra.

Quei viali apparivano come tre nastri tra le tombe. Imboccò quello centrale delimitato dalle colonne, che non aveva l'accesso ostruito.

Avanzò per oltre venti metri, con calma, cercando di decifrare, per quanto possibile, le incisioni sulle colonne.

Ancora una volta si fermò improvvisamente, come se una voce interna glielo imponesse.

Guardò cercando qualcosa. La trovò.

Sulla sua destra, una cappella funeraria in miniatura presentava un frontone riccamente adornato con motivi floreali, che partivano da una corba centrale; al centro del cesto, finemente lavorato a intreccio, era applicato, a mo' di marchio, il classico logo della massoneria universale: il compasso con la squadra.

Davanti al tempietto, in perfetto barocco italico ma con fregi islamici, un cippo sepolcrale recava un'incisione in lingua turca e sotto, in caratteri più piccoli, la stessa era ripetuta in latino.

Alla base del tronco di colonna, conficcato sul terreno, su un irregolare pezzo di marmo bianco era inciso il numero "33".

Julian lesse la frase latina: "Is fecit cui prodest" [ha commesso (il delitto) colui al quale è utile].

Preso da curiosità o forse nuovamente spinto a muoversi, abbandonò il vialetto e fece il giro della tomba.

Per terra, dietro al tempietto, notò un altro frammento marmoreo su cui era incisa una rosa al centro di una croce.

Julian si sentiva disorientato.

Quelle evidenze simbologiche, vistosamente fuori luogo, turbavano il senno dello studioso.

La mente si mise in moto ma alla rapidità dei pensieri non corrispondeva pari lucidità.

Quella tomba, che nell'insieme non appariva dissimile dalle altre, presentava particolari decisamente estranei all'ambiente in cui si trovava.

Che senso aveva il simbolo massonico su un sepolcro islamico? Perché quella scritta in latino?

Perché quella tomba era segnata col numero 33 mentre le altre non erano contraddistinte da numeri? Perché il simbolo rosacrociano su un frammento di lapide non conficcato nel terreno, che sembrava messo lì di recente, forse per lui?

Inoltre, chi e perché aveva richiamato la sua attenzione su quel tempietto?

Gli interrogativi erano tanti e confusi, le risposte molte e non sempre ordinate.

Poi, una donna che portava un bimbo per mano, materializzatasi tra alberi, lapidi e colonne, lo urtò lievemente.

"Sorry!" – sussurrò con stentato accento inglese, mentre rapidamente spariva.

Voleva rispondere ma non fece in tempo.

Quella breve distrazione aveva tolto corrente ai suoi pensieri.

Si scosse come se stesse per cadere.

Infatti, aprì gli occhi appena in tempo per non scivolare dal banco sul quale era seduto.

Si svegliò. Aveva sognato.

Si toccò lievemente gli occhi con la mano per sincerarsi che era desto; poi si sollevò stancamente, con movimenti innaturali per la sua giovane età, e si diresse verso il suo ufficio pastorale, adiacente al chiostro della grande cattedrale.

Esplorò la stanza con gli occhi, cercando ancora conferma per il ritorno alla realtà e si lasciò cadere sulla comoda poltrona di pelle nera.

Era ancora stanco.

* * * * * * *

All'uscita dalla moschea, Julian recuperò il suo paio di mocassini e, ancora prima di calzarli, cercò con lo sguardo il tassista che doveva passare a prenderlo.

La cami Eyüp Sultan, oltre ad essere frequentata da molti pellegrini turchi, continua ad attirare turisti in visita a Istanbul.

Alla preghiera del Venerdì, e per l'intero mese del Ramadan, la zona è piena di visitatori provenienti da tutta la città.

Dopo la Mecca, rappresenta il luogo più sacro per i musulmani.

Julian si sorprese della facilità con cui il tassista, col quale aveva appuntamento, lo notò tra tutta quella gente.

Senza abbandonare la sua auto, l'uomo gli faceva segno di avvicinarsi.

Appena Julian entrò, il taxi partì senza che i due scambiassero una parola.

Un minuto dopo, allontanandosi dalla folla che si muoveva sulla piazza, il tassista rivolse un saluto in inglese al suo cliente, poi fece una breve pausa e, sempre attingendo frasi dal suo inglese turistico, disse:

"Ha trovato interessante il Chiosco della Memoria? E il tempietto del numero trentatré, col suo scritto latino, è stato utile alla sua ricerca? Spero che Allah doni serenità alla sua anima e conceda riposo alla sua mente

dubbiosa".

Julian era sconcertato: come faceva quell'uomo a sapere dei suoi spostamenti nel cimitero, di cosa aveva catturato la sua attenzione e dei suoi molti dubbi?

Appena, però, tentò di aprire bocca per chiedere spiegazioni, l'altro lo anticipò dicendo:

"Scusi... parlo poco inglese... non capisco bene... scusi".

Sorprendente!

Quel tassista che sapeva tutto della sua visita a Eyüp e che conosceva perfino i suoi pensieri... si rifiutava di fornirgli spiegazioni, trincerandosi dietro una poco probabile non comprensione della lingua.

Il viaggio proseguì in silenzio: Julian stava con i suoi pensieri, l'altro sembrava non ci fosse.

Il taxi si fermò davanti allo Sheraton hotel; il tassista scese, fece il giro dell'auto e aprì lo sportello al cliente.

I due si guardarono e, senza parlarsi, uno fece capire che cercava spiegazioni, l'altro che non poteva fornirle.

Quando Julian pagò, il tassista ritirò i soldi e gli mise in mano un biglietto da visita.

Si salutarono solo con lo sguardo: appartenevano a mondi diversi!

Poi, un rumore: lo sportello del taxi si richiuse... e gli occhi di Julian si riaprirono al suo mondo.

* * * * * * *

Ancora una volta si era addormentato, aveva sognato e si era svegliato.

Forse.

Intanto, sembrava tutto maledettamente vero.

Una verifica era possibile: era certo di aver messo in tasca il biglietto che il tassista gli aveva dato.

Lo cercò… e quando tirò fuori la mano dalla tasca, stringeva un cartoncino bianco.

Lo guardò; nessun indirizzo o numero, solo due parole: "Taxi Dreams".

Sentiva che il cuore gli scoppiava, l'ansia saliva e la mente vacillava.

Non riusciva a trovare una razionale spiegazione per quello strano accadimento.

L'unica cosa che gli venne in aiuto, fu il ricordarsi che, circa un anno prima degli eventi che ora stavano sconvolgendo la sua vita, realmente si era recato, trovandosi ad Istanbul, a visitare il rinomato quartiere di Eyüp con la sua famosa Moschea e l'antico cimitero.

Bastava, questo ricordo, a spiegare il realismo del suo "sogno"?

Come si giustificavano quei particolari che non ricordava di aver "visti" nel viaggio precedente? Inoltre, serviva a qualcosa rifarsi agli studi psicologici di Jung sui sogni premonitori… se aveva tra le mani un cartoncino "preso" in un sogno?

Julian, pur non trovando alcuna spiegazione, sapeva che i molti "particolari fuori luogo" visti nel cimitero di Eyüp rappresentavano un codice che doveva decifrare, se voleva dare una soluzione ai suoi problemi attuali.

Forse, la prima cosa da fare era tornare a Istanbul, magari non da solo, per verificare la reale esistenza di quei "segni".

Per il momento, non era possibile; ma quel sogno non

era da dimenticare e il "cartoncino bianco" del tassista andava custodito con cura.

Era una prova importante… anche se non sapeva di che cosa.

Capitolo sesto

Mark Saliba, *"Catena d'oro"*, aveva portato a termine la missione concordata a Mdina col commendatore Vito; o meglio, la parte di propria competenza: ritirare un plico in una cassetta della stazione marittima di Cirkewwa, sistemarlo nello zaino convenuto, affidarlo a un suo incaricato e accertarsi che la consegna avvenisse in modo regolare e puntuale.

Conclusa l'operazione, Mark fu autorizzato a muoversi dalla sua postazione al caffè di Palazzo Falcon.

Tutto secondo i piani. Apparentemente.

In realtà, quando lo zaino arrivò al destinatario finale, questi, ancor prima di verificarne il contenuto, e trovarsi dinanzi ad una sorpresa imprevista, aveva capito che il pacco era stato manomesso.

Qualcuno l'aveva aperto.

Chi, come, quando e, soprattutto, perché avesse commesso quello sgarro, non era importante: il responsabile c'era; era Mark Saliba... e avrebbe pagato!

Il giorno seguente, a qualche chilometro dalla stazione marittima di Cirkewwa, dove frequenti traghetti imbarcano turisti per trasportarli all'isola di Gozo, tra le rocce di Ramla Bay, un corpo galleggiava, a faccia in giù, privo di vita.

Quando gli uomini della polizia recuperarono il cadavere, la loro attenzione fu richiamata da due particolari: una pesante catena d'oro al collo e un grossolano serpente tatuato di recente sul petto, con un coltello.

Se la catena di valore, lasciata al collo, faceva pensare ad una morte accidentale (un assassino se ne sarebbe appropriato), la presenza del serpente inciso nella carne deponeva per una causa di morte provocata.

Per l'ispezione del cadavere presso l'obitorio, fu chiamato il commissario aggiunto Zoran, ritenuto un esperto nell'interpretazione simbologica di tatuaggi e incisioni.

Zoran, dopo attenta osservazione, sentenziò:

"Appena possibile, fatemi avere i risultati necroscopici... e avvertite l'anatomo-patologo di verificare subito se c'è stato avvelenamento, prima della caduta in acqua".

Nessuno si meravigliò per quella specifica richiesta di verifica: se Zoran sospettava un avvelenamento, significava quasi certamente che quella era la causa di morte.

Il giorno dopo, arrivò la conferma: la morte era dovuta alla somministrazione di un veleno vegetale, che agiva lentamente ma provocava dolori lancinanti, accentuati, nel caso specifico, dal fatto che la barbara incisione era avvenuta quando l'uomo era ancora vivo.

L'ispettore, per nulla sorpreso dal riscontro necroscopico, si affrettò a spiegare ai suoi collaboratori che era stato il particolare del serpente tatuato a fargli pensare ad un'esecuzione simbolica.

"Bisogna sapere – spiegò Zoran – *che una modalità di vendetta "massonica", per punire i traditori, consiste nel dare la morte per avvelenamento; e il serpente, appunto, oltre a portare veleno, simboleggia proprio l'infedeltà e l'inganno".*

Il morto fu identificato come Mark Saliba e nessun colpevole pagò mai per quell'atroce omicidio.

Naturalmente, la non identificazione del o degli assassini, non significava che il "messaggio" fosse caduto nel vuoto. Anzi.

Chi aveva deciso l'eliminazione di *"Catena d'oro"* sapeva bene che non era lui l'autore di quello "sgarro", ma sapeva pure che quell'esecuzione avrebbe sortito un doppio effetto: punire chi aveva la responsabilità su un lavoro che andava portato a termine "bene" e far uscire allo scoperto chi, tradendo la fiducia di Mark, si era appropriato di qualcosa che doveva solo trasportare.

Dopo il ritrovamento del corpo di Saliba, chi aveva osato quell'affronto sapeva che l'arcipelago maltese era diventato incredibilmente piccolo per lui; perciò doveva muoversi in fretta, anche correndo il rischio di scoprirsi.

Chi, invece, aveva ordinato l'assassinio di Mark controllava tutto, aspettando che quella morte efferatamente simbolica diventasse "efficace".

D'altra parte, qualcosa doveva necessariamente muoversi, ora che almeno una persona conosceva il contenuto di quel segreto "trasferimento" che aveva fatto venire in contatto il commendatore Vito con *"Catena d'oro"*.

La promessa di una lauta ricompensa, fatta circolare ad arte, movimentò il mondo invisibile degli informatori; e la soffiata arrivò.

* * * * * * *

Intanto, in un lussuoso palazzo della centralissima Triq Il-Merkanti, alla Valletta, in una riunione di "colletti bianchi", qualcuno era costretto ad ammettere:

"Non era possibile farne parola... non ero stato auto-rizzato... e comunque tutto era stato deciso a Londra. D'altronde, il furto del sacro simbolo era avvenuto in quella città".

Il discorso-giustificazione proseguì aggiornando i presenti sul fatto che profanatori scozzesi, individuati e puniti, avevano trafugato, dalla sala del giuramento, il simbolo in oro (la squadra col compasso e la grande G) del Grande Oriente.

Un percorso "tenebroso", attraverso vari Stati, aveva fatto arrivare a Malta il simbolo nella sua interezza, dopo vari tentativi di fusione.

I truffaldini coinvolti nell'operazione, ovviamente, avevano considerato che il valore simbolico fosse notevolmente superiore a quello economico.

"Grazie a questa valutazione, il simbolo ha conservato la sua integrità; il nostro intervento, poi, ci ha consentito di portare a termine una trattativa ritenuta "vantaggiosa" da chi voleva disfarsene e da noi che dovevamo recuperarlo.

Il resto lo conoscete..."

Uno dei presenti cercò di esternare i propri dubbi:

"Sì... ma ora..."

"Nessuna preoccupazione: il topo si è mosso; domani s'imbarcherà per la Sicilia... e noi siamo pronti. Non siamo ancora intervenuti perché potrebbe aver nascosto quello che cerchiamo. Domani invece..."

Nessuna replica.

Più che le parole, era stato il tono di chi le proferiva, e il suo prestigio, a fugare ogni preoccupazione.

Infatti, la mattina dopo, pochi ma fidati uomini dell'organizzazione sorvegliavano discreti ogni angolo dell'imbarcadero da dove, alle ore 9, si sarebbe mosso il traghetto Civitate diretto al porto di Pozzallo, in Sicilia.

Individuare chi nella riunione era stato definito "il topo" non sarebbe stato affatto difficile: avevano l'esatta descrizione e, soprattutto, sapevano che avrebbe portato un bagaglio a mano tenuto ben stretto e assicurato con cura al proprio corpo.

Qualcosa, però, sembrava non andare per il verso giusto: le cime della Civitate erano state liberate dalle bitte e i motori facevano sentire il loro rumore; ancora un attimo e il traghetto si sarebbe staccato dal pontile.

Un giovane, non alto ma robusto, materializzatosi alle spalle di due portuali in tuta, si fiondò sulla piattaforma metallica già liberata dalla corda di sicurezza.

L'agilità del giovane tracagnotto aveva sorpreso gli uomini appostati; non tutti, però.

Uno spilungone con vistosa casacca floreale, muovendo le sue lunghe leve a scatti, come fossero due trampoli, era riuscito a salire a bordo prima che l'imbarcazione si staccasse, e aveva invitato il nostromo a non ritirare la piattaforma, perché quattro persone stavano segnalando di voler salire.

Operazione riuscita: saliti in cinque, si erano sistemati nella stessa zona dell'uomo che dovevano controllare, senza degnarlo di uno sguardo.

Ovviamente, il "topo" aveva notato la presenza del gruppetto e ora sapeva di avere cinque "gatti" al seguito.

Cercò di liberarsene, muovendosi rapidamente tra la gente.

L'operazione non solo non gli riuscì, ma, nella ricerca

di un angolo sicuro, finì per allontanarsi dalla folla, facilitando il compito a chi lo voleva isolato.

Nessuno vide quel "topo" sbarcare nel porto di Pozzallo e nessuno segnalò la sua scomparsa; nemmeno i due compari che lo aspettavano sulla banchina per accompagnarlo a Ragusa, dov'era atteso per concludere il suo rischiosissimo affare.

D'altra parte, come disse Vito Sangraziano in una riunione dopo il recupero del prezioso oggetto: *"Era un topo troppo miserabile per un pezzo di formaggio così grosso!"*.

Operazione conclusa.

Tutto sommato, il prezzo pagato era stato modesto sia in termini economici (il compenso consegnato a *"Catena d'oro"* era stato recuperato) sia come impegno successivo (due cadaveri e qualche favore agli informatori).

Il commendatore Sangraziano – Gran Maestro della loggia massonica "Lux Malta 49" – e i suoi confratelli potevano essere soddisfatti.

Anzi, durante i lavori in loggia, nei giorni successivi, si sarebbero occupati della organizzazione dell'agape unitaria, in territorio italiano, per festeggiare il recupero del prezioso simbolo.

Naturalmente, sarebbero intervenuti due Gran Maestri d'oltre Manica, in rappresentanza del mondo framassonico di Rito Scozzese Antico e Accettato.

Nel frattempo, durante i lavori nella "Lux Malta 49", il grande simbolo in oro sarebbe rimasto esposto, ben incastonato, nel firmamento blu cobalto della sala delle Adunanze.

Capitolo settimo

Vito Sangraziano, commendatore e gran cavaliere, era molto conosciuto alla Valletta come banchiere e uomo d'affari; pochi, anzi, solo gli affiliati, sapevano che era anche, e per l'ambiente esoterico soprattutto, il riverito Gran Maestro della "Lux Malta 49"; unica e prestigiosa loggia massonica dell'arcipelago, tra le più antiche e potenti nel *firmamento* framassonico dell'Ordine Antico e Accettato.

Da quell'ambiente segreto – solo apparentemente assente dalla vita politica, sociale e religiosa, in realtà fortemente presente e sempre influente sui tavoli delle decisioni – il notabile italo-maltese attingeva a piene mani titoli, onori e potenza, mai dimenticando di far crescere, in splendore e prestigio, la loggia che con accortezza dirigeva.

Si poteva definire un perfetto padre di famiglia, con figli tanto numerosi che spesso non si conoscevano ma che, all'occorrenza, sapevano manifestarsi attraverso gesti, simboli e frasi che costituivano ritualità ed essenzialità in quella micro società dalle macro potenzialità.

Inoltre, il suo 33° grado gli consentiva, nel mondo della massoneria, un riconoscimento internazionale che gli permetteva di partecipare – da posizione privilegiata – ai grossi affari che muovevano l'economia mediterranea e, più in generale, europea.

Per i cittadini maltesi, il banchiere Sangraziano, riverito e rispettato, era solo il ricco proprietario del palazzo nobiliare in Triq Melita e della moderna villa a ridosso dell'Upper Barracca Gardens.

Null'altro sapevano della sua vita da Gran Maestro; anzi, l'alone di mistero che spesso si associava alle organizzazioni segrete, poco si addiceva a quella famiglia che, ricchezza a parte, conduceva una vita del tutto normale.

Infatti, non era difficile incontrare, dal macellaio o dal fruttivendolo, la distinta moglie del banchiere.

* * * * * * *

La signora Sangraziano, al secolo Louise An-Sisa, era una splendida maltese, nata a Marsaskala, villaggio di pescatori nella zona sudorientale di Malta, nelle vicinanze della St. Thomas Bay; principale e rinomato luogo di balneazione della zona, dove i maltesi benestanti possedevano un secondo appartamento per le vacanze.

Il padre di Louise, Daniel An-Sisa, faceva parte di quella schiera di fortunati che possedevano una villa proprio nei pressi della baia.

Come e quando la bella figlia del ricco An-Sisa avesse conosciuto il coetaneo Vito, nessuno lo sapeva ma, fin dalle sue prime uscite pubbliche alla Valletta, l'allora giovane Sangraziano fu sempre visto in compagnia di quella che sarebbe, dopo pochi mesi, diventata sua moglie.

Louise, stretta osservante del cattolicesimo romano,

quasi integralista nella sua formazione religiosa, racchiudeva nel fisico le caratteristiche della bellezza mediterranea, mai sottolineata da atteggiamenti appariscenti.

Serenamente simpatica, si muoveva con grazia e leggiadria, pur avendo un fisico possente.

Su questi tratti della giovane Louise, la mano del tempo aveva agito con enorme compiacenza: la donna era cambiata pochissimo, anche dopo la nascita del primogenito Samuel.

Negli anni successivi, la signora Louise An-Sisa Sangraziano non era mai entrata a far parte della "vita lavorativa" del marito, diventato ben presto un notabile del luogo.

Dal canto suo, il commendator Vito – almeno in pubblico – sapeva attribuire i suoi enormi ed innumerevoli successi anche alla presenza discreta ma forte della sua nobile signora.

Madame Louise, nonostante raccogliesse le lusinghiere manifestazioni di stima del marito in pubblico, in privato – pur ricevendo rispetto e attenzioni (e il suo deciso carattere non avrebbe tollerato atteggiamenti diversi) – si vedeva costretta a sopportare i tradimenti, seppur discreti, di quel marito tanto importante quanto assente.

Ben presto però, Louise – dopo vari tentativi per recuperare Vito agli etici principi del cattolicesimo osservante – decise di "farsi da parte" e, se la sua religione non le consentiva il divorzio, di fatto visse da separata.

Cominciò a tornare sempre più spesso nella villa alla St. Thomas Bay, senza mai venir meno ai suoi rigidi principi morali e conservando al fedifrago marito il rispetto pubblico che si era costruito.

Nel volgere di un lustro era quasi sparita dai salotti buoni della capitale maltese, pur lasciando, in quella micro jet society, il ricordo di persona importante ed elegante, mai altezzosa.

Gli anni seguenti la videro sempre più trasformarsi da madame Sangraziano in signora An-Sisa.

Si dedicò a tempo pieno agli anziani genitori e alle opere di cristiana carità, praticata attraverso un'organizzazione assistenziale operante presso la chiesa di Marsaskala.

Mai venne meno agli impegni di mamma; anzi, il figlio Samuel, di cui seguì attentamente il percorso adolescenziale prima e giovanile dopo, costituiva il suo principale motivo di orgoglio.

Samuel – il frutto più bello del matrimonio con Vito Sangraziano – racchiudeva in sé quanto di ambizioso c'era nel padre e di nobile nella madre.

Quel figlio stava diventando una pianta sempre più forte, mostrando di saper attingere linfa a quelle due differenti radici, sapientemente.

* * * * * * *

Samuel, differente dal padre Vito per valori e comportamenti, aveva in comune con questi, oltre all'ambizione, il piacevole aspetto mediterraneo e uno spiccato interessamento per il guadagno.

Guadagno che concepiva non proprio, e non soltanto, come giusta mercé per il lavoro.

Insomma, era un giovane avvenente che per mantenere il suo stile da "viveur", fatto di belle donne e alte frequentazioni, aveva bisogno di molti soldi e poco lavoro.

Comunque, Samuel non difettava in capacità, intelligenza e imprenditorialità; il resto veniva quasi naturalmente.

Eccezionale, nel giovane, era il sorriso aperto e sincero, che mostrava chiaramente la sua innata bontà e la predisposizione alla vera e affidabile amicizia.

Samuel, inoltre, da maltese verace, si sentiva fortemente connaturato nella fede cattolica, nella quale trovava solo certezze e nessun dubbio, anche se poi – a causa dei suoi comportamenti quotidiani – si era abituato a "diluire" le regole, i precetti e perfino i comandamenti di quella religione che lo vedeva settimanalmente presente in chiesa, in prima fila.

Forse, quell'abitudinaria frequentazione era solo il frutto di radicati insegnamenti materni.

Il passare degli anni e la diminuita convinzione fideistica, non fecero venir meno l'abitudine per quella passerella domenicale che gli serviva per mostrare lo splendore dei suoi bianchissimi denti e il look ben curato e alla moda.

Oramai, il desiderio comunicativo con Dio aveva perso la sua attrattiva.

Il dialogo si era interrotto o stava cessando.

Restava l'abitudine.

* * * * * * *

Samuel e Julian, pur coetanei e nati in due villaggi distanti solo pochi chilometri tra loro, né si conoscevano né si erano mai incontrati; eppure, le loro vite stavano per incrociarsi, come avvenuto tra i loro genitori.

Capitolo ottavo

Julian era sicuro: la scelta, difficile e sofferta, di abbandonare il sacerdozio, gli appariva sempre più giusta.

Si andava convincendo che, probabilmente, quella sua decisione non era solo la diretta conseguenza della sconvolgente confessione che l'aveva visto consapevole "assolutore" dell'assassino di suo padre.

Certo, quello shock era penetrato come lama affilata nella sua mente, già tormentata da troppi dubbi e preoccupazioni.

Forse, Julian aveva sperimentato, restandone vittima, il senso della solitudine e il peso dell'umana inadeguatezza.

I motivi c'erano: era stato richiamato alla vita familiare in un momento drammatico; non si era ancora perfettamente integrato in quella realtà che – benché l'avesse visto nascere – poco conosceva a causa della lunga assenza; l'impegno clericale era stato gravato dalla responsabilità sulla gestione e la custodia di uno tra i più importanti monumenti del cattolicesimo mondiale; il forte esaurimento mentale che affliggeva sua madre, dopo la morte violenta del marito, lo occupava e preoccupava; l'impossibilità di trovare…

Insomma, i motivi umanamente stressanti – per minare quella mente brillante, abituata a "vedere e risolvere" problemi più teorici che pratici – erano tanti, forse troppi e per troppo tempo sopiti.

Nel buio dell'anima quei pensieri avevano lavorato, col risultato di produrre una breccia nella mente del giovane.

Per questi motivi, e non solo, la sconcertante confessione che lo aveva prima turbato e poi impegnato nell'ossessiva ricerca del penitente, poteva considerarsi soltanto come la proverbiale goccia che aveva fatto traboccare il vaso.

Comunque, acqua passata.

Ora, per Julian, c'era un'altra vita: più libera nel corpo – al quale dedicava sempre meno attenzioni – e più occupata nella mente, che si era trasformata in una fucina, le cui priorità erano la ricerca della "voce" dell'assassino del padre e il "visto non vissuto" nel cimitero di Eyüp.

* * * * * * *

Julian stava preparandosi per il viaggio a Istanbul, che non voleva fare da solo, per avere certezza di ciò che "realmente" avrebbe visto.

Quella "realtà dubbiosa" lo faceva sentire debole, quasi insicuro.

Sapeva che si stava avventurando in una ricerca che, almeno teoricamente, non poteva trovare conferme; quindi, aveva bisogno di tenere accanto una persona con la quale le verifiche dovevano avvenire su rapporti paritari e assolutamente poco formali.

Il suo accompagnatore, perciò, doveva essere giovane, poco permaloso, con disponibilità di tempo e, soprattutto, non avere preconcetti ed essere mentalmente aperto "alle novità".

Ed era proprio la possibilità di doversi misurare con quelle "novità", che lo faceva dubitare di sé e rendeva difficile trovare l'accompagnatore adatto.

Era quasi tentato di rivolgersi, per avere consiglio e aiuto, al suo vecchio amico: il Signore e Padrone di quella chiesa che aveva servito per anni.

Non lo fece.

Con Lui era arrabbiato; lo aveva fatto vivere per anni tra mille dubbi e, nel momento del bisogno, lo aveva lasciato solo.

Disteso nel letto singolo, in una camera troppo grande per le sue esigenze – ma pratica perché adiacente a quella della mamma, oramai sempre più sola e silenziosa nel lussuoso appartamento di Triq Ir-Repubblika – il sonno raggiunse Julian mentre passava mentalmente in rassegna i pochi amici che aveva, soffermandosi sui pochissimi che potevano considerarsi "adatti" per quel singolare viaggio.

* * * * * * *

Dal Luqa airport di Malta, circa cinquanta persone si stavano imbarcando su un volo della Turkish Airlines in partenza per Istanbul.

Julian era stato tra i primi a salire a bordo e a sistemarsi al proprio posto.

Quel viaggio, pensato in compagnia ma che stava intraprendendo da solo, non lo vedeva rilassato; anzi, era abbastanza preoccupato.

Sapeva che trovarsi *realmente* davanti ai posti "visitati" in sogno lo avrebbe turbato; ma, scoprire il contrario, sarebbe stato peggio, perché avrebbe dovuto spiegarsi come mai gli era rimasto in tasca il biglietto del "Taxi dream".

"Scusi, mi fa passare?… quello è il mio posto" – disse un giovane con tono garbato.

"Certo! Mi scusi… non mi ero accorto che…" – rispose rapido Julian, mentre spostava lateralmente le gambe per fare spazio al nuovo arrivato.

L'altro, gentile, lo aveva interrotto:

"Grazie! Non si preoccupi".

Julian, pur non avendo guardato il giovane in viso – dopo la classica rapida analisi da primo impatto – si ritenne fortunato per quel vicino beneducato e vestito elegantemente.

Comunque, la cosa era poco importante; non aveva interesse a fare conversazione, né tantomeno ad approfondire quella conoscenza.

Infatti, trovata la giusta posizione sul sedile e allacciata la cintura di sicurezza, s'immerse nei suoi pensieri.

Pensieri insipidi, come quel suo viaggio.

Pensieri che partivano senza mai arrivare, …probabilmente perché non avevano meta.

Julian stava viaggiando per verificare… un sogno. Assurdo!

Con tanti problemi, personali e famigliari, lui affrontava un viaggio che non aveva senso.

Su quell'ultima parola si perse… e si ritrovò.

Cercò di elencare tanti motivi per dare "senso" a quel viaggio, ma si accorse che la sua partenza aveva un solo, vero "senso": allontanarsi dalla vita passata, che lo aveva visto inadeguato ministro di un Padrone esigente, per avvicinarsi – anzi, costruirsi – un presente da laico, per il quale si sentiva altrettanto inadeguato.

Julian non sapeva come sarebbe stata la sua vita laicale; né sapeva come avrebbe affrontato quel mondo dove più che preghiere e umiltà servivano spintoni e arroganza.

Amara riflessione, giacché quella era la sua nuova condizione… e da lui scelta!

Una voce, gentile e chiara, ma in una lingua sconosciuta, interruppe i suoi pensieri.

"Rab, bir şey içmek ister misin?" – chiese la bella hostess, mentre bloccava il carrello nel corridoio.

Julian, pur avendo intuito il senso della domanda, non rispose subito; stava pensando in che lingua esprimersi quando…

"Mi scusi, ... le ha chiesto se desidera bere qualcosa" – disse il giovane seduto alla sua sinistra.

"Sì, certo! ... grazie!" – rispose Julian, che subito dopo, con un sorriso appena accennato, rivolto all'hostess in attesa, disse:

"Excuse me! Water, please; ... mineral water".

Mentre sorseggiava l'acqua, Julian pensava al fatto di aver usato, opportunamente, l'inglese e non il maltese; l'hostess avrebbe dovuto fare la stessa cosa, trattandosi di volo internazionale.

Il vicino di posto, quasi leggendo i suoi pensieri, disse:

"Conoscono bene la lingua inglese... le hostess; anche se inizialmente si rivolgono ai passeggeri in turco. Poi, dalla risposta, ... è lo stile di hostess e steward della Turkish; lo so perché volo spesso con la loro Compagnia ed ho imparato il turco, poco in verità ... e lo parlo ancora meno".

Tese la mano destra, aperta e ben curata, accompagnandola con un sorriso simpatico, che sapeva di familiare:

"Mi scusi, non mi sono ancora presentato; mi chiamo Samuel, sono un modesto imprenditore maltese, vivo alla Valletta, anche se sono nato in un paesino a circa venti chilometri dalla capitale.

I miei genitori sono nati in Italia, anzi in Sicilia".

Quella dettagliata presentazione – fatta come se stesse rispondendo a una precisa domanda – sorprese non poco Julian, che però non si sentì per niente disturbato dalla schiettezza di quel giovane, che solo ora aveva guardato in viso.

Anche Julian si presentò, benché intenzionato a chiudere subito quell'inizio di conversazione.

L'altro, invece, cominciò a parlare, senza però fare domande né essere invadente; anzi riuscì a coinvolgere Julian, al quale non erano sfuggiti, in fase di presentazione, né l'ironia utilizzata dal giovane nel definirsi "modesto imprenditore" né il pizzico di orgoglio lasciato trasparire a proposito delle sue origini siciliane.

"È simpatico!" pensò, mentre si apriva a quella chiacchierata tanto piacevole quanto inattesa.

All'arrivo all'aeroporto internazionale Atatürk di Istanbul, Julian si rese conto che Samuel era conosciuto, sapeva muoversi rapidamente e usare le giuste parole per snellire le procedure di sbarco.

Durante il viaggio, passato tra pause e discorsi, i due avevano concordato che Julian si sarebbe sistemato presso lo stesso albergo di Samuel e questi lo avrebbe accompagnato, il giorno dopo, nella visita al cimitero di Eyüp.

L'intesa era perfetta.
Sarebbe nata un'amicizia?

Capitolo nono

Il mattino seguente, Julian e Samuel erano diretti in taxi al cimitero ottomano di Eyüp.

Lungo la strada, Julian parlò all'accompagnatore di un viaggio realmente fatto, in precedenza, a Istanbul e della certezza di non aver visitato niente di quello che poi aveva visto in sogno.

Subito dopo, cominciò a descrivere cosa aveva "visto" – o credeva d'aver visto – in sogno.

Riferì le stranezze dei personaggi e delle simbologie trovate nel cimitero; raccontò del "singolare" tassista e del suo biglietto... *"che mi ritrovai in tasca al risveglio"*.

Fece una breve pausa; poi, tirò fuori dalla tasca lo strano souvenir del taxi dream e lo mostrò.

Samuel, che aveva seguito attentamente il racconto, mostrò un'incredibile rapidità d'analisi e, affatto stupito per quel biglietto, disse:

"Molto probabilmente, caro Julian, questo bigliettino l'hai riportato da Istanbul nel viaggio realmente fatto; non trovo altra logica spiegazione... salvo che tu non voglia credere a...".

"Non so cosa credere! La tua ipotesi, alla quale ho pensato anch'io, pur plausibile sul piano logico, non è meno assurda delle altre.

Come mai il biglietto riappare solo dopo il sogno? E

perché nel sogno leggo la scritta 'taxi dream', che sono certo di non aver mai vista prima?"

"Non so cosa dirti; certamente, una spiegazione c'è... e la troveremo! Siamo qui per questo, no?" – aggiunse Samuel – sapendo che quel discorso, almeno per il momento, non avrebbe portato soluzioni.

Seguì un lungo silenzio, durante il quale ognuno si misurò con i propri dubbi.

Poi, a bassa voce, quasi parlasse di cose misteriose, Julian disse:

"Quando saremo all'interno del cimitero, restami vicino; annota su carta quello che ti segnalo e conferma o smentisci la presenza di 'cose particolari' che ti chiedo di osservare".

A parte non aver compreso il perché del tono misterioso per un discorso così ordinario, Samuel era rimasto meravigliato anche per il contenuto di quel parlare: che cosa doveva 'confermare o smentire'? Una cosa o c'è e si vede oppure non c'è e non si vede.

Comunque, annuendo col capo, disse:

"Naturalmente! Sono qui per questo e...".

Il tassista interruppe il dialogo tra i due passeggeri: *"We arrived!"* – disse.

Scesero.

Mentre Julian pagava la corsa, l'amico guardava ammirato la splendida piazza.

"Seguimi!" – disse Julian – avviandosi verso il cancello d'ingresso del cimitero.

L'altro si mosse, senza replicare.

* * * * * * *

All'interno di quel sacro luogo, tutto corrispondeva alla descrizione fatta da Julian: architetture, disposizioni, Viale dei Ricordi, Chiosco della Memoria, i due viali alberati e quello, delimitato da colonne, da lui percorso.

Ovviamente, mancavano i personaggi e le voci che avevano reso "vivo e particolare" il sogno.

Julian procedeva lungo il percorso conosciuto, guardando a destra e sinistra del viale, alla ricerca di "particolari già visti".

All'improvviso si fermò.

Sulla destra, riconobbe la cappella funeraria in miniatura.

Era esattamente come vista in sogno; c'era il frontone con i motivi floreali, il cesto centrale a intreccio e il logo della massoneria.

Vide anche il cippo sepolcrale con la frase latina "Is fecit cui prodest".

Mancavano due elementi, rispetto al *vissuto* del sogno: il pezzo di marmo bianco con inciso il numero 33 e, dietro al tempietto, l'altro frammento marmoreo riproducente il simbolo rosacrociano.

Julian non avvertì l'emozione provata in sogno né l'agitazione di quel momento; anzi, coinvolgendo il suo amico in quel *ritrovamento*, parlò con strana naturalezza, come raccontasse di qualcosa che sapeva con certezza di trovare.

Nonostante la sicurezza, chiese una conferma:

"Allora, Samuel, vedi quello che vedo io? ... Corrisponde esattamente a quanto ti ho riferito? Mi credi, ora?".

E Samuel: *"Non ho mai avuto dubbi sul tuo racconto; anche se, onestamente, non trovo niente di straordinario in quello che stiamo osservando"*.

"Come sarebbe... niente di straordinario?

Ti sembra normale, in un cimitero turco, un tempietto in barocco italico, il simbolo della massoneria e un cippo funerario con un'incisione in latino?".

"Effettivamente, la cosa è alquanto anomala" – replicò Samuel, che subito aggiunse:

"Credo, però, che una spiegazione ci sia...".

"E quale sarebbe?"

Samuel spiegò che, dal poco turco che riusciva a decifrare, gli pareva di capire che il tempietto funerario contenesse le spoglie di un certo dottor Yusuf Turhan, che aveva studiato lingue classiche a Roma; in seguito, tornato in Turchia, era stato a capo della sicurezza interna al palazzo Topkapi.

Questo, quanto risultava dalla targa in turco.

"Pertanto – conclude – *credo che i suoi studi e la permanenza in Italia siano sufficienti a spiegare lo stile del sepolcro e l'incisione".*

Spiegazione plausibile, pensò Julian, in attesa che l'altro continuasse il discorso.

Aveva capito che Samuel, dal tono usato nel pronunciare le ultime parole e da come lo fissava, aveva altro da aggiungere.

Infatti, dopo un profondo respiro, l'amico riprese a parlare:

"Per quanto riguarda il simbolo raffigurato sul frontone... cosa sai tu della Massoneria?".

L'altro, predisposto all'ascolto, si trovò spiazzato e soltanto dopo aver raccolto i suoi pensieri, disse qualcosa sull'argomento.

Nessuno dei due fu soddisfatto per la risposta: Julian

perché sapeva molto di più (grazie ai suoi studi e alla passione per l'esoterismo in generale) e Samuel perché si aspettava altro da quella mente brillante (o, più semplicemente, perché la sua personale esperienza, in materia, era più ricca).

Il silenzio seguente, fu rotto ancora una volta da Samuel, che voleva chiudere quella conversazione:

"Di questo parleremo dopo".

Riflettendo ad alta voce, più che ponendo una domanda, Julian disse:

"Che fine ha fatto il pezzo di marmo con il numero 33 e la rosa crociata?"

L'altro, anche se non interpellato, rispose:

"Probabilmente, a quella scheggia di marmo hai dato un valore simbolico che non aveva".

Forse, si trattava solo di un pezzo staccato da un'unica lapide e quel frammento, nel suo giusto contesto, poteva avere tutt'altro significato.

Ovviamente, non c'erano certezze; ma le spiegazioni più semplici, a volte, sono anche le più probabili.

"Ad ogni buon conto – conclude – *siccome l'incisione su quel frammento è simbolicamente riconducibile o affiancabile a precise associazioni esoteriche, anche di questo possiamo parlarne dopo".*

Julian, pur poco convinto, non replicò.

L'invito di Samuel a "parlarne dopo" significava che l'argomento non era chiuso. Ed era esattamente quello che lui voleva, perché una cosa gli appariva chiara: il suo amico conosceva bene la Massoneria ed era disposto a parlarne.

Julian si mise in cammino, lentamente.

Non aveva trovato tutte le risposte che cercava; ad esempio, il significato di quella incisione in latino

'ha commesso (il delitto) colui al quale è utile' che rappresentava un chiaro indizio nella ricerca dell'assassino di suo padre: era una semplice coincidenza?

E perché, in una realtà così perfettamente sovrapponibile al suo sogno, mancava il pezzo di marmo inciso?

Intanto, si sentiva meno ansioso; la presenza di Samuel, utile nel confronto e paziente nell'ascolto, contribuiva a trasformare quel cammino di ricerca in una passeggiata.

Camminavano in silenzio.

L'ombra degli alberi, nel monumentale cimitero di Eyüp, sembrava più fresca.

Tornati sulla grande piazza, Julian invitò l'amico a visitare la cami Eyüp Sultan; voleva ripercorrere esattamente il precedente 'pellegrinaggio'.

Nessuna 'stranezza' dentro o fuori la moschea.

Il tassista che li riaccompagnò in albergo quasi ignorò i due clienti che, silenziosi, sfogliavano i rispettivi pensieri.

Anche quando arrivarono al President Hotel, pareva avessero poco da dirsi.

Si salutarono in fretta, dopo aver stabilito che si sarebbero rivisti due ore dopo, in uno dei ristoranti del grande e lussuoso albergo.

* * * * * * *

S'incontrarono puntualmente per la cena – troppo presto per le abitudini di entrambi – e, come se il riposo avesse ridato linfa ai pensieri, ripresero a parlare della visita al cimitero.

Stranamente, i ruoli sembravano invertiti: mentre i dubbi di Julian si aprivano a possibili, seppur parziali soluzioni, le spiegazioni che Samuel aveva fornito in precedenza apparivano forzate e meno convincenti.

Comunque, il confronto era sincero e il dialogo spaziava senza riserve mentali.

Proprio questa disponibilità alla conversazione spinse Julian a chiedere:

"Avevi detto che avremmo parlato della Massoneria…".

La sospensione della frase lasciava intendere chiaramente che era il momento per affrontare quel discorso e – se lo augurava – cercare una spiegazione per la presenza del "numero 33 e la rosa con la croce".

La risposta non arrivò immediatamente; Samuel sembrava voler ritardare la fase di sospensione del discorso.

Poi, a bassa voce – ma con tono chiaro e niente affatto misterioso – iniziò a parlare.

"I cattolici maltesi, in particolare gli italo-maltesi, interpretano il pensiero laico massonico come bieca contrapposizione al mondo clericale e, più in generale, a quello cattolico; di conseguenza, sono portati ed etichettare i frammassoni come cospiratori, organizzati in maniera segreta e settaria.

Fortunatamente, di questa errata convinzione, il mondo moderno si va liberando.

Permangono, tuttavia, molti preconcetti".

Julian interruppe quello che si andava articolando come il preambolo di un lungo discorso.

"Scusami Samuel, conosco il pensiero e la storia della

Massoneria. Temo che l'inizio del tuo discorso ci porterà lontano da...".

"Non credo, amico mio. Anzi, penso proprio che una diversa conoscenza storica della massoneria non ti avrebbe portato così fuori strada nell'analisi di quei simboli a Eyüp".

Poi aggiunse:

"Molti europei pensano che la Massoneria appartenga solo al mondo occidentale, e che altrove, soprattutto a causa della religione islamica, mancano i presupposti per il suo radicamento.

In realtà, sono state proprio le condizioni religiose, culturali e sociali a favorire la diffusione delle logge massoniche nel Medio Oriente".

"Allora – lo interruppe l'altro – i simboli nel cimitero di Eyüp non erano del tutto fuori luogo".

"Esattamente!"

"Potevi dirmelo subito".

"No!", rispose secco.

E spiegò che aveva preso tempo per riflettere, perché, in effetti, qualcosa di strano c'era: il frontone del tempietto, ad esempio, includeva il simbolo della squadra col compasso, mentre sarebbe stato più logico quello della squadra con la mezzaluna, logo della Massoneria turca.

Julian approfittò per inserirsi con la domanda che gli stava a cuore:

"Sei veramente convinto che le incisioni sui pezzi di marmo fossero i frammenti di una lapide e che solo casualmente...".

"No, no, fermati! Non avevo... e non ho certezze".

Aggiunse che, su certe cose, si limitava a condividere il pensiero del grande Einstein: "Il caso è il sentiero di cui

Dio si serve quando vuole restare anonimo".

Non disse altro.

Julian scosse il capo, dubbioso.

Lui cercava risposte precise che Samuel non era in grado di dare o, perlomeno, non voleva impelagarsi in ipotesi che erano più figlie di convinzioni personali che di certezze.

Comunque, Samuel spiegò che la simbologia vista nel cimitero di Eyüp, faceva pensare che la tomba del dottor Yusuf Turhan fosse stata edificata per onorare la memoria di un fratello massone o, più semplicemente, uno studioso di esoterismo; cosa più probabile, considerata la contemporanea presenza di segni massonici e rosacrociani.

Nessuna replica giunse da parte di Julian e questo significava che, per il momento, quel discorso poteva considerarsi chiuso.

* * * * * * *

Terminata la cena, Samuel propose all'amico di spostarsi al bar per il caffè; dopo, volendo, si poteva trascorrere il resto della serata nel noto nightclub Orient House, presente all'interno della struttura, per assistere allo spettacolo della danza del ventre.

Quella normalissima proposta trovò un rapido e secco diniego, che sorprese Samuel.

Julian, quasi a giustificare il rifiuto, aggiunse che non era mai stato in un night e che si sarebbe sentito a disagio.

La precisazione non sortì l'effetto sperato e Julian si rese conto che, quasi certamente, quel recente amico, niente sapeva della sua vita passata; quella clericale.

"Preferisco andare in camera, ho bisogno di rilassar-mi; inoltre, dal terrazzo ho una splendida vista sul mare di Marmara e sulle cupole di un'antica moschea".

Prima che Samuel potesse rispondere, un addetto della reception gli comunicò che era desiderato al telefono.

Lo seguì; entrò in una cabina vetrata; dopo pochi minuti riapparve.

Il viso aveva perso la normale serenità e il sorriso appariva forzatamente di circostanza.

Nessuno dei due fece cenno a quella telefonata.

Si alzarono, raccolsero i rispettivi pensieri, e raggiunsero il bar.

Ripresero il discorso interrotto.

Mentre si sistemava su un alto sgabello, Julian decise che era più corretto dire chiaramente che le sue esperienze passate non prevedevano night, né svaghi simili.

Lo fece; con naturalezza, senza eccedere in particolari; anzi, evitando perfino di specificare il luogo del proprio ministero sacerdotale.

Definirsi parroco della St. John's Co-Cathedral, nel suo attuale stato laicale, gli pareva superbo e irrispettoso nei confronti di quell'eccelso monumento sacro.

Poi, a occhi bassi, quasi stesse pensando a qualcosa del suo passato, aggiunse:

"L'orto nel quale ho coltivato le mie passate esperienze, mi ha dato tanti frutti e tantissime spine".

Respirò profondamente e concluse:

"Ora che sai qualcosa in più, forse ti è chiaro perché…".

Prima che la frase finisse, con tono che apparve subito più severo del solito, Samuel disse:

"Quindi, ... il discorso sulla Massoneria serviva per verificare il mio pensiero...".

"No!" – interruppe deciso Julian – *"Quella è altra cosa. Nessuna intenzione speculativa nei confronti delle tue convinzioni".*

Apparve evidente, dal tono lievemente risentito delle ultime battute, che entrambi troppo presto avevano abbassato le proprie difese rispetto a un rapporto maturato rapidamente; forse, per quelle confidenze, si conoscevano poco e pochissimo sapevano l'uno dell'altro.

Se, da una parte, la rapida apertura era servita a evidenziare forze e debolezze reciproche, dall'altra, fortunatamente, la specularità rendeva tale esposizione più tollerabile.

Comunque, la parte finale del discorso aveva toccato nervi scoperti nelle rispettive sensibilità: alla momentanea fragilità di Julian aveva fatto da contraltare la permalosità di Samuel.

Si salutarono; la stretta di mano ricordava la serena compagnia della giornata ma il sorriso, anche se più che formale, era meno che cordiale. L'appuntamento era per il mattino seguente, nel salottino del bar, alle 10,30.

Capitolo decimo

Il giorno dopo, Julian, in anticipo rispetto all'appuntamento, stava leggendo i giornali nella hall dell'albergo, quando:

"Scusi signore, questo è per lei, ... da parte del signor Samuel Sangraziano, che ha lasciato l'albergo presto; ha detto che preferiva non disturbarla".

A parlare era stato il concierge che, fatto un lieve inchino, era tornato al suo lavoro.

Julian aprì la busta e lesse il breve messaggio scritto sul biglietto color beige con l'intestazione dell'albergo:

"Un impegno imprevisto mi costringe a partire in anticipo. Avrei preferito salutarti di persona ma ho ritenuto opportuno non disturbarti.

Conoscerti è stato un vero piacere e spero d'incontrarti ancora; magari a Malta.

Alla Valletta, volendo, sai dove trovarmi. Cordialità. Samuel".

Certo, Julian non si aspettava, dopo l'intensa giornata trascorsa insieme, che quel nuovo amico uscisse dalla sua vita con la stessa rapidità con la quale era entrato.

Stranamente, però, la cosa lo lasciava quasi indifferente.

Non significava che il giovane Samuel non avesse lasciato traccia della sua presenza; anzi, si era ben accreditato per simpatia, disponibilità e intuito, anche se era riuscito a interessare più Julian per le cose non dette che per quelle vagamente accennate o solo fatte immaginare.

Infatti, quell'amico appena partito, aveva detto poco e nascosto molto, circa la sua o le sue vere attività.

Comunque, questo non riguardava Julian, almeno per ora; anche perché, ne era certo, le loro strade si sarebbero ancora incrociate.

Restò parecchio tempo seduto a pensare; poi, come se la decisione maturata fosse figlia di un improvviso impegno, si alzò e si diresse alla reception per comunicare che lasciava l'albergo.

Meno di un'ora dopo, in taxi, era diretto all'aeroporto.

* * * * * * *

Anche nel viaggio di ritorno, il caso aveva riservato a Julian il dono di una nuova conoscenza: Tanja, una giovane montenegrina, assai bella, proveniente da Istanbul e diretta a Podgorica.

Lo scalo maltese concedeva a Tanja circa due ore di sosta nell'aeroporto di Luqa.

Nell'attesa del nuovo imbarco, la giovane era rimasta in compagnia di Julian, che per lei aveva mostrato subito molto interesse.

La conoscenza, pur breve, fu reciprocamente intensa e coinvolgente; tanto che, al momento della partenza, i due sapevano molto l'uno dell'altra e si erano scambiati i rispettivi recapiti per futuri, promessi contatti.

Al momento dei saluti, nessuno avrebbe pensato che soltanto poche ore prima quei giovani erano perfetti sconosciuti.

Mentre l'aereo decollava, Julian ripensò alla frase che Samuel amava ripetere circa la casualità: "Il caso è il sentiero di cui Dio…".

Appena fu solo, portò istintivamente la mano alla tasca per sincerarsi che il biglietto del "taxi dream" ci fosse ancora; quasi a cercare la conferma che quel viaggio, tanto rapido quanto ricco di nuove conoscenze, ci fosse stato veramente.

Quando si trovò all'esterno del Luqa airport – non ancora sera – respirò profondamente e, per la prima volta negli ultimi mesi, avvertì una relativa quiete interiore.

Aveva voglia di tornare a casa, rivedere sua madre, sedersi… e non pensare al domani.

Sapeva, però, che avrebbe ancora pensato a Samuel e alla sua rapida partenza e, soprattutto, a Tanja e alla sua contagiosa dolcezza; causa prima, forse, di quella ritrovata serenità che da alcuni minuti era diventata padrona del suo corpo.

Si sorprese perfino a sorridere; a chi o a che cosa non lo sapeva… ma sorrideva.

* * * * * * *

Arrivato a casa – mentre attraversava stanze e corridoi in cerca della mamma, la signora Emma Bratocco – il lussuoso appartamento in Triq Ir-Repubblika, alla Valletta, gli apparve come lo ricordava da bambino: troppo grande, troppo bello, troppo silenzioso, troppo… per essere occupato solo da sua madre e due domestici.

In realtà, anche lui viveva in quella specie di reggia al centro della città ma preferiva non considerarsi tra gli occupanti perché, negli ultimi anni, di quella casa, lui aveva utilizzato quasi esclusivamente la sua camera.

Che la casa appartenuta al ragioniere Alfredo Tònnaro fosse bella e grande era indubbio; ma, probabilmente, quella sera, a Julian appariva esagerata; forse perché, ultimamente, lui aveva frequentato solo camere d'albergo.

Trovò la signora Emma dove temeva che fosse: in camera da letto, semisdraiata, con lo sguardo quasi assente, in penombra, rivolto verso l'alto a fissare un punto imprecisato del soffitto, decorato da celestiali putti.

Ricordava di averla lasciata esattamente così, quando l'aveva salutata prima di partire.

Non era una novità.

Almeno da sei mesi, gli spostamenti della signora Emma si limitavano quasi esclusivamente all'interno del palazzo.

Solo raramente si abbandonava tra i morbidi cuscini di una poltrona in vimini, sul terrazzo che si affacciava sull'affollata via principale della capitale.

Di quelle poche ore di aria che si concedeva, non riusciva ad assaporare il vantaggio.

Era infastidita dal vociare della gente che comunque non vedeva, perché, anche all'esterno, il suo sguardo era rivolto verso l'alto, a fissare un punto del cielo che esisteva solo nella sua anima spenta; anzi, nella sua mente oramai ammalata.

La signora Bratocco, in effetti, già da qualche anno – ma ultimamente in maniera sempre maggiore – faceva uso di tranquillanti e psicofarmaci.

Se quei sedativi mettessero a dormire le sue tante paure, neppure il figlio lo sapeva; certamente la tenevano in un perenne stato soporoso che, negli ultimi mesi, ne limitava anche i movimenti.

I recenti cambiamenti nella vita di Julian, anche se non compresi appieno, erano stati da lei dolorosamente partecipati.

Julian era mortificato per l'ulteriore e involontaria preoccupazione che dava a quella mamma, già esaurita da una perdita mai metabolizzata e resa insopportabile dal tempo.

Il figlio salutò affettuosamente la mamma.

L'abbraccio, tra quei due tormenti, non produsse alcun lenimento: il giovane la stringeva col desiderio di scuotere il torpore di quel corpo sempre più assente, la madre quasi si aggrappava, con la speranza di far percepire un affetto che era ancora intatto, anche perché l'unico rimasto.

Il sorriso che si scambiarono, pur mesto e appena accennato, penetrò l'anima di entrambi.

Poi, con la delicatezza e la dedizione che si deve alle persone deboli, Julian sollevò la madre dal letto e la accompagnò nell'ampio salone.

Una morbida poltrona accolse il corpo di Emma, che sembrò riprendere colore; forse, più per il gesto d'affetto che per la diversa illuminazione e posizione.

La mamma non chiese e il figlio non diede spiegazione per l'assenza di quei giorni.

Julian la baciò ancora una volta, poi si ritirò nella sua stanza.

Capitolo undicesimo

Nella stanza, in penombra, Julian si lasciò cadere sulla poltrona di pelle nera e – come spesso gli accadeva in quella comoda posizione – si addormentò.

Si svegliò che era già l'alba; ripensò alla sera precedente e cercò di mettere ordine nei fatti degli ultimi giorni.

Non fece in tempo a focalizzarli, perché altre preoccupazioni, quelle del passato, ripresero vita e riaccesero ansie.

Inoltre, c'era la situazione di salute della mamma che lo limitava notevolmente nell'assumere decisioni definitive.

Infatti, la signora Emma, oramai da molti mesi aveva abbandonato il lavoro, affidando la sua farmacia a due brave collaboratrici di origini italiane: le dottoresse Lombardi da Termoli e Maria Todaro da Bari Palese.

Ovviamente, non era il lavoro a preoccupare Julian; egli sapeva bene che sua madre poteva vivere agiatamente anche senza il reddito della farmacia.

L'angoscia del figlio era piuttosto il risultato di un profondo senso di colpa; si andava convincendo, infatti, che una sua maggiore presenza sarebbe stata utile alla mamma per superare l'isolamento, dopo la morte violenta del marito.

A questa riflessione se ne aggiunsero subito altre, più

profonde e rabbiose.

La malattia della mamma, il tormento fisico e spirituale della sua vita di ex prete, la famiglia distrutta e un patrimonio economico senza guida e controllo, avevano un'unica origine: la morte del padre.

Lui sapeva che per quella morte c'erano un assassino e un mandante e aveva il dovere di scoprirli.

La drammatica confessione raccolta, la particolare voce del penitente, il luogo, il momento... tutto si ripresentò come vivo e attuale.

Rabbia e confusione ridiventarono linfa per la sua ansia.

Uscì, senza salutare la mamma.

Non aveva meta né obiettivo... ma ancora una volta il destino – o come diceva Samuel, il caso – stava lavorando per lui.

* * * * * * *

In Misrah Ir-Repubblika, uno strillone sventolava la copia di un giornale che a tutta pagina titolava "Precipitato aereo della Turkish Airlines: 24 morti e 58 passeggeri tra feriti e dispersi".

Julian rabbrividì.

Tanja, la ragazza conosciuta il giorno prima, già considerata amica – e dalla quale aspettava notizie in giornata – viaggiava su quell'aereo.

Prese una copia del giornale e scorse rapidamente le notizie.

Con le mani tremanti lo sfogliò alla ricerca dell'elenco dei cadaveri, mentre il cuore gli batteva nel petto come un orologio impazzito.

Il nome che sperava di non trovare, per fortuna, non c'era.

Si sentì solo parzialmente risollevato, perché la conclusione dell'articolo era: "Questo è l'elenco ufficiale fornito dalle autorità, ma, probabilmente, è destinato ad allungarsi, considerato l'alto numero di passeggeri che risultano dispersi".

Il trafiletto sottostante comprendeva un altro elenco, quello dei passeggeri feriti.

Senza aggiungere particolari, l'articolo riportava l'elenco dei nomi e degli ospedali che li avevano accolti.

I più gravi erano stati ricoverati a Podgorica; quelli che potevano viaggiare, perché non in pericolo di vita, erano stati portati a Tivat.

Soltanto due donne, Tanja Mitrovic e Olivera Đurović – probabilmente le meno gravi, riferiva il cronista – erano state accompagnate a Budva.

Julian lanciò alto, liberatorio, un grido indistinto, che racchiudeva l'assurda felicità per una notizia ritenuta positiva, nella drammaticità dell'evento.

Istintivamente, alzò gli occhi al cielo in segno di gratitudine per quella grazia arrivata senza alcuna richiesta; quando, però, lo sguardo incontrò, oltre la National Library, la parte superiore del campanile della St. John's co-cathedral – la "sua chiesa" – quasi s'indispettì e rapido girò lo sguardo altrove.

Forse, per quell'inaspettata *fortuna* bisognava ringraziare *Qualcuno* ma, per l'arrabbiato Julian, quel *Qualcuno* era lo stesso che ultimamente gli stava procurando molti dispiaceri.

Superbia dell'uomo che vuole condizionare l'operato di Dio!

* * * * * * *

Tanja era nata e viveva a Budva, splendida cittadina costiera del Montenegro.

Julian, superato lo shock per un evento che poteva essere irrimediabile, fu pervaso da un'inquietudine: il giustificato desiderio di avere contatti con la sua cara e l'impossibilità di vivere con immediatezza l'agognata vicinanza.

Decise in un attimo: appena possibile sarebbe partito per il Montenegro.

Il primo volo disponibile era per il martedì seguente; fece la prenotazione.

Mentre tornava verso casa, si convinse dell'opportunità di non contattare telefonicamente Tanja – anche se sperava e desiderava che fosse lei a farlo – per timore che la ragazza gli sconsigliasse di intraprendere il viaggio.

Voleva vederla... e sarebbe partito, comunque.

Nei giorni seguenti – metabolizzata meglio del previsto la tragedia – dedicò particolare attenzione e tempo alla mamma.

Inoltre, fantasticò molto sull'incontro con Tanja e la sua famiglia e, soprattutto, su come l'amica avrebbe vissuto la sorpresa del suo arrivo.

Dopo un incontro così breve, seppure intenso, lei provava gli stessi sentimenti di Julian?

* * * * * * *

Due giorni dopo, sbarcato nella mattinata all'aeroporto di Tivat, si fece accompagnare in taxi al Medical Centre di Budva.

La clinica sanitaria del paese costituiva, per specialità e professionisti presenti, un vero polo di eccellenza.

Nella hall della moderna clinica – benché ci fossero ancora alcuni giornalisti – non c'era confusione; tanto che, quando Julian chiese informazioni, il suo inglese richiamò l'attenzione di quasi tutti i presenti.

Delle tre stanze riservate alla degenza, la più grande era stata destinata ad accogliere le due donne ferite nell'incidente aereo, trasportate da Podgorica.

Appena Julian varcò la porta della camera, fu notato da Tanja che stava semi seduta sul primo dei due letti.

La ragazza, ignorando la donna e l'uomo con i quali stava dialogando, fece segno al nuovo arrivato di avvicinarsi e, prima che questi fosse vicino al letto, lei aveva già teso il busto in avanti pronta a baciare ed essere baciata.

Tanja non sembrava per niente sorpresa per quella visita; anzi, era talmente felice e spontanea nelle sue effusioni che pareva sapesse dell'arrivo dell'amico, pronta a presentarlo ai suoi genitori, in piedi ai lati del letto.

Questi erano visibilmente meravigliati per l'accoglienza che la figlia aveva riservato a quell'estraneo, salutato con un bacio sulle labbra.

"Mamma, papà, vi presento Julian, mio amico… carissimo".

"Molto onorato!" – disse Julian con un pizzico di emozione; infatti, non si aspettava, pur avendolo messo in conto, che l'incontro con i genitori della ragazza sarebbe avvenuto così presto.

"Siamo felici di conoscerti!" – rispose il padre di Tanja, parlando anche per la moglie che annuiva e sorrideva, mostrando così la stessa coinvolgente simpatia della figlia.

Poi, continuò:

"Gli amici di Tanja sono sempre i benvenuti, ... in quest'occasione... in modo particolare".

L'uomo fece una breve pausa, sorrise, allungò la mano per salutare e aggiunse:

"Mi chiamo Ljubo, lei è mia moglie Žana".

Mentre i sorrisi, incredibilmente cordiali, aprivano a reciproca accettazione, Tanja s'intromise con la sua gioviale simpatia, tirando un lato del lenzuolo e mostrando, come un trofeo, la lunga ingessatura che le copriva l'intera gamba destra, dal perone fin quasi all'inguine.

"Lo sapevo che saresti venuto... per farmi da stampella" – disse spiritosamente la ragazza.

"Da stampella... e non solo" – rispose Julian.

Sull'ammiccamento divertito dei due giovani, arrivò, inatteso ma desiderato, il saluto dei genitori di Tanja.

"Ciao, Julian, certamente ci rivedremo.

Se ti fa piacere, sarai nostro ospite... per tutto il tempo che vorrai. Parlane pure con Tanja.

A presto e... grazie per la vicinanza alla nostra bambina".

Il termine "bambina", accompagnato da un paterno e compiaciuto sorriso, arrivò come una gradita carezza sul volto dell'adulta Tanja.

Poi, baciarono la figlia, strinsero la mano a Julian e uscirono dalla stanza.

Julian non ebbe neppure il tempo di ringraziare quei due genitori, che erano riusciti a conquistarlo per gentilezza e simpatia.

Appena soli, Tanja chiese all'amico di sollevarla ancora un po' sui cuscini e, mentre questi la cingeva per tirala su, l'altra l'abbracciò così stretto che Julian disse sorridendo:

"Non stai tanto male… se stringi così!".

Sorrisero divertiti e si ritrovarono.

Si ritrovarono … esattamente come si erano lasciati alcuni giorni prima, all'aeroporto di Luqa.

L'incidente – tragico per molte famiglie – per loro era stato solo quel famoso "…sentiero di cui Dio si serve quando vuole restare anonimo".

Imprevedibilità della vita!

Capitolo dodicesimo

Presso il Medical Centre di Budva, era facile trovare europei, ricchi e famosi, che si sottoponevano a cure estetiche, al riparo da occhi indiscreti.

Di conseguenza, oltre ad essere dotato di personale professionalmente idoneo, la struttura forniva anche un servizio alberghiero molto raffinato, attento a tutte le esigenze.

Il censo dei clienti e la gestione, improntata allo stile manageriale, non erano sufficienti a giustificare, secondo Julian, il trattamento di estremo riguardo che tutti gli riservavano; anche perché di lui sapevano poco, e ancora meno della sua situazione economica.

La degenza di Tanja durò oltre una settimana. Appena si presentò l'occasione, Julian chiese all'amica il perché di tutte quelle attenzioni nei suoi confronti.

La ragazza non rispose in maniera chiara; probabilmente, neppure comprese il motivo di tale preoccupazione, giacché si limitò a dire:

"Cortesia e premura fanno parte dei loro doveri".

La frase, che poteva suonare spocchiosa se soltanto ascoltata, per Julian – che aveva visto il sorriso e la semplicità con la quale era stata pronunciata – apparve come la normale spiegazione data da una persona avvezza a tanto riguardoso trattamento.

Anche lui era abituato a essere ossequiato, sia per la considerazione socio-economica della famiglia che per la sua condizione di prete; ma questa posizione di privilegio, più che gratificarlo lo infastidiva.

Nei confronti di Ljubo, però, tutti manifestavano un rispetto diverso ed esagerato; e, quando notò che certi atteggiamenti sfioravano il servilismo, Julian non poté fare a meno di pensare che qualcos'altro, oltre alla deferenza, stesse alla base di quel comportamento.

Il giovane, che non voleva approfittare dell'ospitalità offerta dai genitori di Tanja, aveva trovato sistemazione in un hotel nei pressi della clinica.

La mattina seguente però, a colazione, gli fu comunicato che in quella struttura era ospite di mister Ljubo e, per qualsiasi necessità, compreso taxi o auto privata, non doveva fare altro che chiedere.

Intanto, la salute di Tanja migliorava e la vicinanza costante di Julian – ora che trascorrevano molte ore insieme – accelerava i tempi del recupero.

Almeno una volta al giorno, singolarmente o insieme, arrivavano i genitori della giovane, sempre preceduti da qualcuno che apriva la porta e si metteva ossequiosamente a disposizione.

Appena si presentò l'occasione, Julian ringraziò per l'ospitalità; garbatamente, ma volutamente senza alcun eccesso.

Dopo alcuni giorni – grazie alle molte ore di reciproche confidenze – il rapporto tra Tanja e Julian si manifestava come una stabile frequentazione che durava da mesi.

I due erano felici e i genitori di Tanja altrettanto.

Una mattina, in visita prima del solito, il signor Ljubo, sorridendo ma con l'aria di chi ha già deciso, rivolto alla figlia disse:
"Oggi ti farà compagnia mamma Žana ... mentre io condurrò Julian a visitare Budva.
Uscire un po' gli farà bene; inoltre, una chiacchierata tra uomini può essere utile, ... per entrambi".
Il discorso, banalmente semplice, era stato pronunciato con tale lentezza e sottolineatura delle parole che appariva importante.
A Julian, quella passeggiata da turista, non dispiaceva per nulla; inoltre, si era convinto che il delicato invito a uscire servisse per consentire un dialogo privato tra madre e figlia.
Forse, anche il signor Ljubo ci teneva a parlare privatamente con lui, o perlomeno, l'ultima parte del suo discorso, così poteva decifrarsi.
Accettato l'invito, salutarono le donne e uscirono.

* * * * * * *

Fuori dalla clinica, vicinissima all'ingresso, c'era una grossa e alta automobile, sul modello delle Hammer americane, quei mastodontici mezzi paramilitari, spesso blindati e solitamente utilizzati per il trasporto in sicurezza di personaggi tanto importanti quanto a rischio.
Mentre l'autista faceva accomodare Ljubo dal lato più vicino, un altro individuo, indicando lo sportello aperto, invitava Julian a salire dalla parte opposta.
Non richiesta, arrivò una giustificazione per l'utilizzo

di quel mezzo, non proprio concepito per rilassanti percorsi cittadini.

"Spostamenti d'affari mi costringono a percorsi lunghi e difficoltosi, spesso in zone montane; inoltre – come avrai notato arrivando dall'aeroporto – le nostre strade non sono proprio come quelle europee".

Fece una pausa, come se non volesse dire quello che invece disse:

"Alcune zone del Montenegro non sono ancora del tutto sicure, in particolare per alcuni imprenditori. La gente è invidiosa... e la concorrenza è tanta".

Intanto, con la mano indicava a Julian qualcosa da guardare alla sua destra.

Subito dopo, intimò all'autista di fermarsi:

"Scendiamo qui!".

L'auto si fermò; scesero.

Solo in quel momento Julian si rese conto che un'altra automobile li precedeva.

Uscirono quattro uomini che, con aria guardinga, si disposero a protezione di Ljubo e del suo accompagnatore.

La cosa, pur meravigliandolo, non lo sorprese più di tanto.

Quelle scene, da film di mafia, spesso le aveva viste da ragazzo, quando accompagnava suo padre, don Alfredo, per le vie della Valletta; molte altre volte, invece, erano parte dei racconti della vita palermitana del giovane don *Fredo*.

Niente di nuovo, insomma; solo un altro luogo e una diversa ostentazione del potere.

Prendevano sempre più corpo i dubbi di Julian: forse, non era soltanto rispetto quello che stava alla base delle manifestazioni di deferenza nei confronti di quell'uomo che molti chiamavano "mister Ljubo" e tanti altri non osavano neppure nominare.

Julian si convinse che il potere economico, pur notevole, non era sufficiente a giustificare quella sottomissione che si connotava sempre più come timore.

La cosa non lo riguardava.

Comunque, la sua esperienza di vita gli consentiva una conoscenza sufficiente a mantenersi autonomo rispetto ai subdoli meccanismi, condizionanti, usati dai poteri economici e malavitosi.

Il rapporto con Ljubo andava preso a piccole dosi… e con grande distacco.

Un'arte che aveva imparato da adolescente, quando – per restare fuori dell'*ambiente Alfredo,* messo in piedi da suo padre – decise, non del tutto convinto, d'intraprendere la carriera religiosa.

In ogni modo, nonostante Julian si sentisse fuori dalla scia del potente padre della sua Tanja, era interessante – e in un certo senso anche coreografico – vedere muoversi Ljubo *nel suo regno*: avanzava come fosse trasparente, estraneo ai tanti che, al suo passaggio, si sprecavano in inchini e inviti a entrare, per sentirsi gratificati per un dono accettato o semplicemente per una bibita gradita.

Ljubo neppure ringraziava – in casi particolari lo facevano per lui i quattro angeli custodi – o forse proprio né vedeva né sentiva quella gente; nonostante procedesse lentamente, quasi benedicendo, con la mano destra spesso sospesa a mezzaria.

In realtà, la mano di Ljubo serviva per indicare al suo giovane accompagnatore alcune cose da osservare.

Cose belle, anzi bellissime… e tante.

L'intero borgo, infatti, si presentava come un unico, magnifico, scrigno d'arte.

L'antica città di Budva, cinta dalle mura di difesa, è un vero gioiello urbanistico e architettonico.

Ljubo, che quando parlava in montenegrino alla sua gente era l'uomo del potere, rivolgendosi a Julian in inglese si mostrava anche uomo di buona cultura, capace di presentare, con ricchezza di particolari storico-artistici, le magnificenze della sua città.

* * * * * * *

Fondata, secondo la leggenda, in tempi remoti da Cadmo e Armonia – che arrivarono nella zona alla ricerca della principessa fenicia Europa, rapita da Zeus – Budva ha conservato il suo aspetto medievale, nonostante i frequenti assedi e terremoti.

La storia, ricca e complessa – come per tutti gli Stati della martoriata penisola balcanica – ha visto Budva sottostare a varie dominazioni, compresa quella di Venezia.

La città antica è circondata da bastioni risalenti al XV secolo, che formano un sistema di fortificazione medievale con porte, mura difensive e torri.

Le strette e tortuose vie, le piazzette, le chiese e le fortezze, offrono un ambiente assai suggestivo.

Suggestione che l'esperto Ljubo riusciva a trasmettere e partecipare.

Indubbiamente, Budva sapeva farsi amare a prima vista e – come pensava Julian – si presentava col fascino ammaliante di una signora non più giovane ma ancora capace di farsi ammirare.

Aggirarsi nelle sue stradine con quel singolare cicerone, capace di indicare e raccontare particolari che solo l'occhio di chi ama sa vedere, trasformò quella passeggiata turistica in lezione di storia.

Ljubo, come se riflettesse ad alta voce su quelle bellezze, con serafica calma, continuava la sua appassionata descrizione:

"Budva è la capitale del turismo montenegrino e – come puoi vedere – anche dentro la città antica ci sono numerosi ristoranti, bar, gelaterie e negozi; mentre nei dintorni, lungo le bellissime spiagge sabbiose, sono situati molti alberghi e ville. Durante la stagione estiva, la riviera di Budva è molto vivace, con frequenti manifestazioni culturali e spettacoli di vario genere".

Svoltando a destra, in un piccolo spiazzo, Ljubo smise di parlare e, dopo pochi passi, fece una sosta davanti ad una porta, ricavata sotto un grande arco in pietra scolpita, semichiuso da moderni laterizi.

L'uomo della scorta che precedeva il gruppetto bussò alla porticina e rimase in attesa, pronto a porgere il braccio a una vecchina apparsa quasi immediatamente.

Appena la signora – dai modi gentili, minuta, con lineamenti marcati e d'indefinibile età – si affacciò, l'uomo si ritrasse e Ljubo avanzò.

Guardò la donna e, senza parlare, si chinò per portare il suo orecchio all'altezza della bocca della signora.

Quella sussurrò qualcosa e poi alzò la mano ad accennare una carezza sul viso di quel potente che – in quella scena – appariva, agli occhi di chi guardava, come un bimbo che riceveva una carezza dalla mamma che da qualche tempo non vedeva.

Julian era curioso di sapere cosa quella donna avesse sussurrato all'uomo ma, soprattutto, sperava che Ljubo facesse cenno a quella sosta molto singolare.

Ovviamente, il cammino riprese senza il minimo riferimento a quell'incontro; anzi, il tono e l'andamento della visita continuarono senza alcuna variazione, come se quegli ultimi minuti appartenessero a un altro tempo.

Prima di riprendere a parlare, Ljubo guardò in viso Julian per sincerarsi che fosse ancora interessato a quella visita e per richiamare l'attenzione su quello che stavano per vedere.

Superata la strozzatura della stradina che stavano percorrendo, si trovarono su un ampio spiazzo delimitato da splendide facciate di chiese e abitazioni.

L'occhio di Julian era ancora catturato da quell'insieme di stupende forme architettoniche, quando il suo accompagnatore riprese – sereno come sempre ma con un pizzico di enfasi in più – la sua compiaciuta illustrazione; intanto, con la mano indicava l'immensa costruzione che si presentava come il superbo proscenio di quella piazza.

"Una cosa assai interessante – disse – *è la Cittadella, all'interno della quale si trovano un piccolo museo e una biblioteca. Lateralmente, vi è l'ingresso per visitare la città percorrendo la cinta muraria"*.

Continuò indicando i due edifici religiosi sulla destra, staccati di pochi metri: la Chiesa ortodossa della Santa Trinità e la Chiesa cattolica di San Giovanni Battista. Ed ancora, dall'altro lato, la splendida Chiesa di Santa Maria in Punta e la Chiesa di San Sava, *"dove* – aggiunse

– dal vicino terrazzino è possibile vedere uno splendido panorama".

Nel sentire della chiesa dedicata a San Giovanni Battista, Julian avvertì il cuore sobbalzargli nel petto e, istintivamente, interruppe il discorso di Ljubo per chiedergli di visitare quel tempio.

Fu accontentato.

Entrarono; mentre Ljubo roteava gli occhi per abituarli alla penombra di quel sacro luogo, che lui stesso poco conosceva, Julian sembrava assorto nella contemplazione del coloratissimo e grossolano mosaico che copre la parete frontale della piccola chiesa.

L'immobilità del giovane sorprese il padre di Tanja; quei pochi minuti, in un luogo per lui non abituale, devono essere apparsi lunghissimi giacché, per la prima volta, manifestando un minimo d'insofferenza, tossì e si avviò verso l'uscita.

Julian, come richiamato a una realtà dalla quale si era allontanato, si mosse, fece un inchino col capo e uscì.

Tuffati nuovamente nel sole della piazzetta, i due uomini si guardarono senza parlare.

Anche questi ultimi minuti – come avvenuto in precedenza con l'anziana signora – appartenevano a un altro tempo.

I due momenti restarono privati.

Opportunamente.

Il resto della visita, compreso la panoramica passeggiata sulle mura di cinta, fu più povera di spiegazioni ma più ricca di sguardi; come se le vicende private, gelosamente conservate, avessero creato una vicinanza nel tormento del cuore.

Il silenzio favorì le loro riflessioni.

Julian pensava: *"Forse, quest'uomo è rispettato non solo per il timore che incute"*.

E Ljubo, a sua volta: *"Questo giovane potrebbe essere il compagno ideale per la mia Tanja; intelligente e discreto, sa rapportarsi con rispetto e dignità"*.

Pensieri di reciproca considerazione; ma solo pensieri.

Nel tragitto di ritorno, il rapporto tra i due uomini di Tanja era cambiato.

Mister Ljubo, trasgredendo le sue stesse regole e meravigliando non poco gli uomini della scorta e l'autista, entrando in auto, volle sistemarsi sul sedile posteriore, accanto a Julian.

Questi apprezzò.

Certe volte, i segreti uniscono.

Capitolo tredicesimo

Tornando al Medical Centre, in auto, il silenzio fu interrotto una sola volta; un pensiero di Ljubo aveva preso forma e si era perso nello spazio limitato di quel grosso abitacolo.

"Tanja è tutta la mia vita... guai a chi la fa soffrire!".

La frase – pesantemente minacciosa in qualsiasi altra situazione – era stata pronunciata (o così l'aveva interpretata Julian) col tono di chi auspicava felicità per la propria creatura.

Parole rivolte a nessuno; nessuno rispose.

Giunti alla clinica, mister Ljubo entrò nella camera di Tanja seguito da Julian.

La giovane sorrise al padre e con lo sguardo cercò l'amico; il volto sereno di questi la tranquillizzò.

Ljubo, chinandosi a baciare la figlia, le sussurrò qualcosa; il volto della degente s'illuminò.

"Era presente anche Julian?" – chiese la ragazza.

L'altro annuì senza rispondere e, quasi fosse una ricompensa, ricevette un prolungato bacio sulla guancia. Sorrisero.

Quando Julian poté avvicinarsi a Tanja per i saluti, i due si scambiarono solo una carezza; gli occhi parlarono per loro: lui chiedeva una spiegazione che lei non poteva dare, almeno in quel momento.

Un tocco alla porta, simultaneamente aperta, attirò l'attenzione dei presenti.

Entrò una donna che, nell'avanzare in direzione del letto, si fece notare più per il corpo magnificamente formoso e atletico che per il camice da medico.

Sorrise, bellissima.

Prima che parlasse, Ljubo le disse:

"Domani mia figlia tornerà a casa!".

La donna, anzi il medico, continuando a sorridere con le labbra contornate di rosso, che ora avevano assunto la forma di un cuoricino, si limitò a dire:

"Certamente, mister Ljubo.

Faccio preparare subito una nota con i farmaci e i consigli adeguati affinché la nostra cara Tanja possa trascorrere una serena convalescenza".

Tanja e sua madre Žana restarono del tutto indifferenti a quella decisione, come se non le riguardasse; più verosimilmente – pensò Julian – erano abituate a non interferire sulle scelte di Ljubo.

* * * * * * *

Il giorno dopo fu veramente particolare.

Nel volgere di poche ore, Julian si trovò invitato, prelevato e scortato fino alla residenza di mister Ljubo.

L'accoglienza cordiale non lo mise comunque a suo agio.

Il padrone di casa non c'era e la signora Žana, che si era affrettata a chiedere scusa a nome del marito, era scomparsa immediatamente.

Per fortuna era stato condotto subito da Tanja che –semi seduta su un divano, con la gamba sollevata su un grosso cuscino – lo accolse con uno splendido sorriso e con le braccia aperte, pronta a baciarlo.

"Come stai oggi? Hai dormito bene? Ti serve qualcosa?".

"Calmati! – disse Tanja – *Sto bene e ho dormito, ... mi serve solo la tua vicinanza"*.

Lui sorrise, la accarezzò ancora una volta e disse:

"Bene, ora che siamo finalmente soli, sono curioso di sapere perché ieri chiedesti a tuo padre se ero presente anch'io... e a che cosa; e perché fosti particolarmente felice nel vederlo annuire".

Tanja sorrise; socchiuse gli occhi per meglio ricordare la scena del giorno prima e, come allora, s'illuminò in viso.

Con un gesto della mano invitò l'amico a sedersi al suo fianco e, diventata più seria, disse:

"Papà mi ha riferito che ieri siete stati da nonna Duša e che lei, guardandoti, ha detto che sei ok". Aggiunse che Ljubo non accettava interferenze nel suo giudizio... lui decideva sempre tutto da solo... e difficilmente si sbagliava.

Le rare volte che pensava di non essere sufficientemente sicuro su qualcosa o qualcuno, si rivolgeva a nonna Duša, i cui saggi suggerimenti mai prescindevano dall'interesse della famiglia.

E concluse dicendo:

"Se Ljubo ti ha portato da nonna, significa che tiene molto a te... anche se sei maltese... italo-maltese".

Julian sentì il calore infiammargli il viso e non poté fare

a meno d'intervenire; il tono fu volutamente risentito, perché quell'ultima precisazione, inattesa e non gradita, lo aveva mortificato.

"Sono orgogliosamente maltese... e se il caro signor Ljubo pensa di poter giudicare le persone in base al luogo di provenienza... si sbaglia... e molto".

Tanja si rese conto che il suo discorso aveva generato uno spiacevole malinteso e si affrettò a precisare:

"Scusami! Ti chiedo infinitamente scusa, caro. Lasciami spiegare e ti renderai conto che le mie parole volevano solo evidenziare l'apprezzamento di papà per te".

"Come?" – intervenne sorpreso Julian.

"Forse, è bene cominciare tutto daccapo".

Tanja fece una lunga pausa.

Era evidente che stava riflettendo su qualcosa non facile da dirsi o, più semplicemente, stava valutando l'opportunità di aprire un discorso che, Julian capì, lo riguardava.

Quando sembrò convinta, riprese:

"Giacché siamo soli e abbiamo parecchio tempo a disposizione – Ljubo e Žana non torneranno prima di sera – è giunto il momento che ti dica qualcosa di più su me e la mia famiglia... o quella che tu credi tale".

"Ti ascolto!".

"Ok! Ti prego solo di non interrompermi... anche se qualcosa dovesse apparirti strana o poco convincente; ci saranno altri momenti per...".

* * * * * * *

Si fece aiutare per meglio sistemarsi sul divano e cominciò dalla loro conoscenza sull'aereo proveniente da Istanbul.

Disse che si era recata in quella città per incontrare un giovane maltese, un italo-maltese.

Qualche giorno prima, gli uomini di Ljubo le avevano riferito che l'uomo si trovava presso il President Hotel di Istanbul.

Partì subito per raggiungerlo… prima che lo trovasse Ljubo.

L'ultimo verbo usato da Tanja – anche se il tono era rimasto calmo – appariva carico d'intrinseca minaccia per quel giovane.

Julian, pur cogliendone il significato, non chiese spiegazione.

Il racconto riprese.

Mesi prima, lei aveva conosciuto quel giovane nel casinò del Maestral, un resort nei pressi di Sveti Stefan.

Fu attrazione reciproca.

Quando, in seguito, seppe che il suo giovane amico si trovava in Montenegro per trattare affari con suo padre, informò Ljubo di quel rapporto d'amicizia.

Lui sapeva già tutto; e non fu difficile capire che non condivideva quella frequentazione.

Il racconto di Tanja s'interruppe, come se quei ricordi le provocassero sofferenza.

Julian restò in silenzio… un silenzio d'attesa.

In seguito, Tanja apprese dalla mamma Žana che – per precedenti rapporti di lavoro – Ljubo conosceva bene il giovane maltese, del quale apprezzava l'intraprendenza e il fiuto per il business.

Tuttavia, pur considerandolo affidabile, lo riteneva assai pericoloso, anche perché suo padre – potente uomo d'affari trasferitosi a Malta dalla Sicilia – continuava ad avere stabili rapporti con la mafia e la malavita italiana.

Tanja fece un'altra pausa, guardò con aria interrogativa Julian – quasi a volersi sincerare che il suo discorso fosse chiaro – e, letto positivamente il silenzio dell'amico, continuò.

Pose l'accento sul fatto che Ljubo, in Montenegro, non tollerava interferenze affaristiche di chicchessia; ciò nonostante, la Massoneria locale aveva suggerito di non creare problemi col giovane siculo-maltese, perché suo padre, tra le altre cariche, rivestiva anche quella di Gran Maestro della "Lux Malta 49", considerata la loggia massonica più importante del Mediterraneo.

Ovviamente, quelle interferenze mal digerite, fornirono utili informazioni: più il giovane amico di Tanja si accreditava per pericolosità personale e di parentela, maggiore era la distanza che Ljubo pretendeva da sua figlia.

Tanja sospirò e – dopo un'alzata di spalle che rappresentava bene la condizione dei figli costretti a subire i controlli dei genitori – aggiunse:

"Come avrai capito, oltre a sacrificare la sua vita per me, papà sarebbe capace di toglierla a chiunque provasse a farmi del male… o soltanto a recarmi sofferenza".

Quest'ultima affermazione, pronunciata con tono afflitto, non riuscì a celare un pizzico d'orgoglio: Tanja sapeva d'essere molto controllata e più ancora protetta.

Tuttavia, quell'eccesso di premure da parte del padre, limitava, spesso e di molto, le relazioni personali della ragazza.

Nello specifico rapporto col giovane maltese – che peraltro pareva non cogliere esattamente la pericolosità di Ljubo – le cose precipitarono, assumendo i contorni del dramma.

Le minacce di quel genitore iperprotettivo raggiunsero direttamente il giovane impenitente, abituato ad ambienti ostili e, forse, a qualche spacconata di troppo.

Purtroppo per lui, i rapporti, e soprattutto i metodi, in quella zona del Montenegro, li dettava e controllava quel padre geloso.

Nessuna intromissione era permessa a Tanja che, dopo il viaggio a Istanbul, non ebbe più notizie del suo amico.

Il richiamo a Istanbul costrinse Julian a fermare il racconto di Tanja: troppi dubbi stavano affollando la sua testa.

Almeno una domanda era diventata inevitabile, se voleva conservare la serenità nell'ascolto di quella vicenda.

"Al President Hotel di Istanbul ti sei recata personalmente? Hai incontrato il tuo amico? Posso sapere il suo nome?".

"Julian... mi sembri Ljubo! È solo curiosità o anche gelosia?".

"Scusami, cara. Probabilmente né l'una né l'altra cosa... o forse entrambe. Soprattutto, però, sto cercando una conferma che spero di non avere".

"Non capisco".

"Capirai! Intanto, ti prego, rispondi alle mie domande".

Dallo sguardo della ragazza si capiva che non era per niente chiaro il discorso di Julian.

Rispose, precisando che effettivamente si era recata di persona al President Hotel; avendo visto una persona di spalle che s'intratteneva col suo amico, lo fece chiamare al telefono e parlò con lui solo il tempo di fissare un appuntamento per il giorno seguente, presso un particolare negozio del Gran Bazar.

"Perché non v'incontraste subito?".

"Disse che stava in compagnia di un amico al quale teneva particolarmente; avevano trascorso la giornata insieme... e non poteva lasciarlo senza una spiegazione".

"Il giorno dopo si presentò all'appuntamento?".

"No! E da quel momento non l'ho più visto".

"Hai provato a rintracciarlo nuovamente?".

"No... perché mi sono accorta di essere seguita... da due uomini di mio padre. Ho pensato che poteva essere pericoloso, ... per Samuel, ovviamente. Così ho deciso di partire. Cos'è accaduto dopo... lo sai".

* * * * * * *

Il nome di Samuel aveva squarciato un velo nei pensieri di Julian.

Si ricordò dell'improvvisa partenza dell'amico, della telefonata ricevuta la sera prima mentre parlavano nella hall dell'hotel e dello strano cambiamento d'umore che ne era seguito.

Tutto coincideva con il racconto di Tanja; non vi erano dubbi: il Samuel della ragazza era il suo amico maltese.

Probabilmente – nonostante il severo autocontrollo – qualcosa, sul volto di Julian, aveva tradito il personale coinvolgimento in quel racconto, giacché la ragazza chiese:

"Tutto ok, Julian?".

"Sì, certo! Soltanto sono un po' stanco; se non ti dispiace, preferisco continuare domani".

Poi – temendo di non essere stato sufficientemente convincente – aggiunse:

"È ora che ti lasci riposare, domani… dovrai chiarirmi ancora molte cose".
"Certamente! Soprattutto voglio che tu sappia della mia famiglia… e di nonna Duša".

Sorrisero entrambi: lei si stava liberando di segreti pesanti, lui si caricava di nuovi fardelli.

Si baciarono… e per la prima volta Julian non sentì sulle labbra della ragazza l'odore delle violette montenegrine.

Fuori da quell'enorme e lussuosa villa – distante solo pochi chilometri dal centro abitato – la splendida Budva sembrava lontanissima, mentre la sua Malta gli pareva tanto vicina da sentirne l'odore.

Nostalgia … o voglia di serenità?

Capitolo quattordicesimo

Quella notte, per Julian, il sonno non arrivò... e lui non lo cercò.

Troppi pensieri, molti interrogativi e una curiosità: di quale misfatto si era macchiato Samuel per subire le minacce di Ljubo?

Ipotizzata una qualsiasi colpa, scattava un dubbio atroce: era riuscito il suo amico a sottrarsi alla pericolosità del padre di Tanja ... oppure quella scomparsa significava...

Forse, quelli di Julian, erano solo pensieri in libertà; però, la conoscenza e la vicinanza alle persone della vicenda gli procuravano ansia e, soprattutto, gli suggerivano, per i giorni successivi, un'attenta valutazione di ogni comportamento, proprio e altrui.

Col passare delle ore – lucidissimo nella sua insonnia – i pensieri, sempre tanti, cominciavano a trovare un ordine, pur non fornendo soluzioni.

Pensava: il Montenegro è bello... ma non è Malta.

Tanja, la prima donna della sua vita, oltre ad appartenere a un mondo non suo, aveva una famiglia a dir poco singolare.

Infine, ma non ultimo, mister Ljubo – che pure gli aveva aperto le porte di casa propria, accettandolo con riguardo – era certamente un uomo pericoloso, capace di commettere o commissionare, colpe che nessun confessore poteva assolvere.

Quest'ultima considerazione bloccò ogni altra riflessione, richiamando Julian alla sua vita reale: quella di Malta, di casa Tònnaro, dell'ex don Julian, dell'errante in cerca di una voce e forse di un volto, del pragmatico studioso e del fidente dubbioso.

La nottata non era passata invano.

Con le prime luci dell'alba arrivò il sonno... e l'insonnia fuggì.

Si svegliò che era quasi mezzogiorno. Dopo meno di un'ora era in strada.

C'era un insolito movimento.

Dalla stradina alla sua sinistra, che declina verso il mare, persone ciarlanti, con aria festosa, seguivano il suono di una banda in lontananza.

S'informò.

Era la festa del protettore Sveti Ivan e la gente, terminato il rito religioso, si dirigeva verso il lungomare, da dove una processione in barca avrebbe raggiunto lo splendido isolotto di Sveti Stefan.

"Comunque – disse ancora il suo informatore *– un'altra vicenda sta richiamando gente verso il lungomare: è stato trovato impiccato, penzoloni dalla fiancata di una grossa imbarcazione, il corpo di un uomo, con le mani bruciate e tanto sfigurato in viso da essere irriconoscibile.*

Dai documenti, sembra trattarsi di un maltese".

Continuò fornendo una serie di particolari su quel macabro ritrovamento.

Un dettaglio sorprese Julian: ai piedi dell'impiccato – come a volerlo tenere teso verso il basso – era legata una grossa cassa di sigarette di contrabbando.

Chi raccontava non sembrava meravigliato di quella stranezza; anzi, con tono sarcastico aggiunse che *"Il contrabbando spesso arricchisce… certe volte appesantisce"*.

Julian aveva ringraziato e si era già mosso quando l'altro, quasi parlasse a se stesso, aggiunse:

"Se si tenta di fregare certe persone… è meglio comprarsi prima la corda".

Condizionato da quanto visto e vissuto nei giorni precedenti, Julian identificava quelle "certe persone" con un preciso nome: Ljubo.

Non aveva prove e non voleva pensarlo; ma lo fece… e non si meravigliò.

Improvvisamente, gli era passata la voglia di tornare nella casa di quell'uomo, anche se lì viveva la sua amica.

* * * * * * *

Dopo le riflessioni di quella notte, aveva veramente voglia di rivedere Tanja?

Per la prima volta si sorprese a pensare alla facilità con la quale la ragazza si era affezionata a lui… e dimenticato Samuel.

Comunque, i motivi per tornare da lei c'erano, e tanti: verificare se e cosa conosceva di quello strano omicidio; sapere di più sulla sua famiglia; accertare cosa realmente si aspettava da quel loro giovane rapporto; sperare d'incontrare Ljubo e accomiatarsi da padre e figlia in maniera educata. In fin dei conti, ciò che aveva visto e sentito in quei giorni non lo riguardava; lui era stato accettato e ospitato gentilmente.

Abituato a dare ospitalità più che a riceverla, il giovane, in quella singolare situazione, avvertiva un lieve disagio per l'altrui generosità.

A braccetto con i suoi pensieri, estraniato dalla realtà, mentre lentamente scendeva verso il porto, un ripetuto suono di clacson lo restituì, corpo e mente, all'aria calda e lievemente ventilata della marina di Budva.

Chi aveva suonato si era avvicinato e lo aveva invitato a salire in auto.

Julian riconobbe l'uomo; era uno degli angeli custodi che il giorno prima lo aveva scortato con Ljubo.

Lo seguì. Sapeva dove l'avrebbe portato.

Arrivati alla villa di Tanja, scoprì che mister Ljubo non era tornato a casa quella notte, che la signora Žana non sapeva darsi una spiegazione e che la sua giovane amica non vedeva l'ora di partecipargli l'apprensione per il non rientro del padre, del quale, aggiunse, *"Neppure nonna Duša ha notizie"*.

Solo Julian, per quell'assenza di neppure due giorni, non mostrava preoccupazione; per un uomo dell'importanza di Ljubo, e per gli affari che trattava, un tale allontanamento doveva ritenersi del tutto normale.

Lui, però, non conosceva le abitudini dell'uomo, quindi non poteva avere una visione chiara della situazione.

Tanja spiegò che mai suo padre si sarebbe assentato per due giorni senza essere scortato almeno da quattro uomini fidati.

In quella circostanza, invece, gli uomini della sicurezza contattati – ed erano tanti – si limitarono a dire che mister Ljubo, per suo espresso volere, era partito in compagnia del solo autista personale.

"Ciò succede – concluse Tanja – *solo raramente e per brevissimi percorsi. Quindi…".*

Per l'ospite di quella famiglia sui generis, le preoccupazioni continuavano ad apparire eccessive.

La signora Žana entrò in stanza, bella, come sempre elegante e inespressiva, con quel visino che non si capiva se non voleva o non sapeva mostrare emozioni; si avvicinò alla figlia, disse qualcosa in montenegrino e uscì, quasi ignorando la presenza del giovane, salutato in precedenza.

"Duša" era stata l'unica parola compresa da Julian, nel breve bisbiglio tra le due donne.

Partì da quella per aprire la conversazione con la sua amica.

Tanja si sollevò dal divano – questa volta con buona facilità, segno che diminuiva il dolore e stava meglio – e allungò la mano fino a sfiorargli le labbra, indicando che non era ancora il momento di parlare.

Chiamò ad alta voce una giovane collaboratrice e ordinò il caffè.

Fu pronto in pochi minuti.

Appena soli lo sorseggiarono e Tanja fece capire che ora potevano parlare.

Julian si limitò a dire:

"Hai saputo dell'omicidio al porto… e chi potrebbe essere?".

Respirò sollevando il torace, più per fare capire che c'era un'altra domanda che per prendere fiato. Riprese:

"Poc'anzi, ho sentito pronunciare il nome di tua nonna; dicesti che volevi parlarmi di lei… della tua famiglia…".

"Sì, certo! Comincio dalla seconda domanda. Prima

però, devo invitarti, come ieri, a non interrompermi.
Quello che devo dirti non è bello… né facile.
  Tienimi la mano, ti prego".

Il racconto che seguì fu drammatico.

Gli intercalari erano profondi respiri e lacrime, che scendevano a bagnare il viso e le parole di Tanja.

Julian ascoltò attento e commosso, mai osando intromettersi in quei ricordi tristi che rinnovavano dolori.

Lui, in quel momento, voleva non trovarsi in quella stanza.

Si sentiva inutile, giacché il tormento dell'anima, forse, può condividersi, mentre quello fisico, profondo, bestiale, quello non si condivide, appartiene solo a chi lo subisce.

Capitolo quindicesimo

Tanja cominciò a parlare della sua famiglia e della singolare relazione che univa i suoi membri.

Il suo non era un racconto privato ma il dramma di una regione, la tragedia di un popolo.

Nel corso della guerra serbo-bosniaca, per la prima volta nella storia, lo stupro fu trasformato in una precisa strategia, coordinata e pianificata.

La violenza sessuale divenne una tattica militare.

Žana era una donna bosgnacca (bosniaco- musulmana) e aveva una figlia di dodici anni.

Una sera, nel suo villaggio sui monti a sud-est della Bosnia, nella casetta al limite del bosco dove viveva, quattro militari serbi sfondarono la porta, entrarono, armi in pugno, e la stuprarono ripetutamente, davanti alla figlia terrorizzata.

Dopo il bestiale divertimento, il sadico capo del gruppetto, che si faceva chiamare Čistač (il pulitore), voleva costringere Žana a far sedere la figlia sul collo rotto di una bottiglia di vetro.

Al suo rifiuto, due colpi di pistola, al basso ventre e alla testa, freddarono la bimba, già morta dentro per il terrore.

Prima che la pistola fosse usata contro la donna, una raffica di mitra trucidò quei quattro demoni scesi sulla terra per far vergognare l'umanità.

A sparare era stato Ljubo.

Quell'angelo salvatore era apparso sulla porta trascinandosi dietro una ragazzina seminuda, con l'orrore negli occhi.

"Coprila e scappiamo!", si era limitato a dire.

Uscirono, si addentrarono nel bosco per circa duecento metri e si fermarono.

L'angelo col mitra appoggiò un pezzo di canna alle labbra, soffiò e ne uscì un suono basso e prolungato; subito dopo, da un'apertura nella roccia, coperta da rami, comparve, avvolta in un grande pastrano di lana scura, una donna non più giovane ma dal piglio deciso.

Si unì agli altri senza parlare.

In dieci minuti attraversarono il villaggio, scivolando silenziosi e rapidi tra quelle abitazioni dove, probabilmente, altri demoni continuavano a mortificare l'umanità.

Oltre il villaggio, un vecchio camion li stava aspettando.

Prima di raggiungere il mezzo e la gente che già lo occupava, l'uomo col mitra si fermò e, rivolto alla donna più giovane, disse:

"Io sono Ljubo. Lei è Duša e la ragazza si chiama Tanja. Qual è il tuo nome?".

"Mi chiamo Žana".

Ljubo si mise il mitra in spalla, guardò le donne negli occhi, le abbracciò e disse:

"Siamo una famiglia… ricordatevi; se volete salvarvi, noi siamo una famiglia… per tutti e sempre… almeno finché questa maledetta guerra non sarà finita".

Consultò con gli occhi la signora anziana, abbozzò un

sorriso e aggiunse:

"Andiamo! Ci stanno aspettando".

Le donne non parlarono, né in quel momento né durante il resto del viaggio.

I giorni seguenti, ricchi di orribili particolari, Tanja li ricordava cupi e tristi ma mai paurosi, per la costante vicinanza e protezione di Ljubo.

L'altra cosa che ricordava perfettamente era il tacito assenso che, in particolari momenti, Ljubo cercava negli occhi di Duša.

Finita la guerra e stabilitisi in Montenegro, Ljubo e Žana si sposarono e, tra loro e per tutti, furono una vera famiglia.

La condivisione dei personali segreti, sancì un sacro patto: quella famiglia, costituita in una sola notte, sarebbe rimasta unita per sempre.

Tanja, volendo partecipare fino in fondo le avventure che facevano da collante a quella famiglia, continuò dicendo che Ljubo era di origine croata; da giovane, prima di rifugiarsi sui monti della Serbia, aveva ammazzato suo padre durante una violenta lite per motivi religiosi.

In seguito, diventato partigiano, aveva combattuto a favore di tutte quelle regioni che volevano affrancarsi dalla dittatura serba.

In una delle sue missioni notturne, sconfinato in territorio bosniaco, aveva ucciso due miliziani serbi che si accingevano a stuprare una ragazzina: era lei, Tanja.

Pochi minuti dopo aveva salvato anche Žana.

* * * * * * *

Storia diversa, invece, quella della signora Duša. La futura "nonna Duša" era stata l'angelo salvatore di Ljubo.

Questi, ricercato da varie milizie, da tanti personali nemici e perfino dai soldati dell'ONU, per un periodo aveva trovato riparo, come autista e uomo di fiducia, nella casa di un signore della guerra; un losco individuo, figlio di Duša, che viveva al confine tra Albania e Macedonia.

Costui – ricercato dal tribunale europeo per crimini contro l'umanità – una mattina, accerchiato in casa dalla polizia macedone, per creare confusione e cercare scampo, era pronto a lanciare una bomba contro la vicina scuola, piena di ragazzi.

Ljubo intervenne per impedire quell'infame massacro.

L'altro gli puntò contro la pistola, pronto a liberarsi anche di lui.

Duša, intervenuta alle sue spalle, non esitò a sparare in testa a quel figlio malvagio.

Da quel momento Duša adottò affettivamente Ljubo e questi, forse per gratitudine, promise che le loro vite sarebbero rimaste unite per sempre.

Tanja aggiunse altri dettagli sulla vita di Duša, che aiutarono Julian a capire perché i membri di quella famiglia – e Ljubo in particolare – spesso facevano riferimento alla saggezza di quella signora, oramai anziana.

Molti anni prima, la signora Duša, donna ricca e di ottima cultura, sposata con un magnate greco, faceva parte dell'entourage del dittatore ellenico.

In seguito, non volendo interrompere una gravidanza,

conseguenza di una relazione illegittima, si allontanò dal marito e da quel dorato ambiente incapace di accettare la situazione.

Giurò a se stessa che mai più avrebbe ambito alla ricchezza.

Questo giustificava il suo vivere da sola nella casetta al centro di Budva.

"Comunque – disse Tanja – il destino è stato crudele con nonna Duša, costretta a dare e togliere, per amore, la vita al proprio figlio".

Molti singhiozzi avevano rallentato il racconto di Tanja ma la cascata di lacrime arrivò alla fine di quelle rivelazioni, quando, stringendo forte le mani di Julian, disse:

"Ora che sai tutto di me e della mia famiglia, se vuoi, posso rispondere alla tua domanda su Samuel".

Julian annuì e lei aggiunse:

"Ero affezionata a lui; però, chi tradisce Ljubo tradisce me e la punizione di Ljubo è sempre da me condivisa... anche nel caso di Samuel".

"Di quale colpa si è realmente macchiato quel giovane per meritare una così orribile fine?"

"Ha sottratto a Ljubo un intero carico di sigarette e cercato di affondare il grosso motoscafo utilizzato per il trasporto della merce tra il porto di Bar e quello di Bari, in Italia.

Inoltre – soprattutto questo ha voluto punire Ljubo – intratteneva rapporti intimi stabili con donne montenegrine, mentre si vantava di essere il mio ragazzo".

Julian non replicò e Tanja non aveva altro da aggiungere.

Un silenzio pieno di pensieri s'impadronì della stanza.

Per il giovane, qualcosa non quadrava.

Non sapeva se la ragazza mentisse o, più semplicemente, non volesse o potesse dire tutto. Nei suoi discorsi, negli atteggiamenti e perfino nelle emozioni c'era una sorta di dicotomia: bontà, sopportazione, dedizione alla famiglia e delicatezza di sentimenti, cozzavano con l'indifferenza e la serena accettazione di un omicidio che la chiamava pesantemente in causa se, come pareva, voluto dal padre e per motivi che la riguardavano.

* * * * * * *

La signora Žana entrò nella stanza, questa volta dopo aver bussato.

"Nonna Duša ha notizie di Ljubo", disse.

I due giovani la guardarono, cercando di leggere, sul viso della donna, se si trattava di buona o cattiva notizia.

L'altra – inespressiva più del solito – parve non capire l'ansioso interrogativo, soprattutto di Tanja.

Scomparve.

Anche Julian – forse rendendosi conto che le donne preferivano parlare da sole – approfittò per salutare e uscire.

Ringraziò gentilmente l'autista che lo invitava a salire in macchina per riaccompagnarlo e si avviò verso il cancello di ferro battuto che delimitava la grande proprietà.

Fuori, sul nastro asfaltato, circolavano solo rare automobili.

Anche i suoi pensieri erano rari e confusi.

Avvicinandosi alla città, notò la stessa aria festaiola della mattina; si ricordò della ricorrenza di Sveti Ivan e decise di partecipare a quel divertimento non suo.

Aveva bisogno di distrarsi ma, soprattutto, sentiva il desiderio di tuffarsi nella normalità.

Niente da fare.

Con l'aumentare della gente aumentavano i suoi pensieri... e non riusciva a ordinarli.

Resettò la mente e si avviò verso l'albergo.

Prima di giungere a destinazione avvertì, in un angolo di quella mente ripulita, un pensiero solitario e timido – come un passerotto che allunga il collo in cerca di cibo – che faceva capolino.

Stava pensando a sua madre.

Si commosse.

Anche lui aveva una famiglia... dalle salde radici.

Capitolo sedicesimo

"Aiuto! Fermatela... ho paura! Julian... aiutami!", gridava la signora Emma, vestita di nero, inseguita da un'enorme pantegana grigia, impazzita, che trascinava, con una fune legata al collo, una croce troppo grossa per il suo corpo. Julian udiva le invocazioni senza poter intervenire; uno strano maleficio lo manteneva lucido ma bloccato.

Si svegliò, spaventato e sudato.

Aveva avuto un incubo orribile, ansiogeno, tanto realisticamente coinvolgente che, anche dopo aver acceso la luce, non riusciva a scacciare il fastidio di quella scena ripugnante.

Quando si riprese totalmente, simultaneamente alla finestra della stanza, aprì la sua mente a una decisione tanto improvvisa quanto inconsciamente desiderata: sarebbe tornato a Malta, a casa, da sua madre.

Subito dopo, si convinse dell'opportunità di partire con il primo volo disponibile, per evitare di rivedere Tanja e la sua famiglia.

Avrebbe avvertito telefonicamente la ragazza, promettendole – e ci credeva veramente, almeno in quel momento – che appena possibile sarebbe tornato in Montenegro.

Telefonò.

Tanja si disse sorpresa e dispiaciuta per quella decisione, ma, almeno dalla voce, non sembrava particolarmente amareggiata.

Julian salutò anche la signora Žana, alla quale chiese di mister Ljubo, ricevendo in cambio rassicurazione sull'imminente rientro.

Nella stanza d'albergo filtrò un raggio di sole, assente fino a quel momento; il giovane, benché non direttamente colpito, ne avvertì il calore e con esso un senso di ritrovata libertà.

Riuscì a partire due giorni dopo.

Nel frattempo vide poche persone e uscì una sola volta, per recarsi nel centro storico della città. Voleva rivedere, da solo, la Chiesa cattolica di San Giovanni Battista.

Non sapeva il perché, la sua coscienza forse sì.

Durante il viaggio, in aereo, volutamente evitò le occasioni di socializzazione.

Le ultime esperienze, interessanti e coinvolgenti, avevano rapidamente riempito, e altrettanto velocemente svuotato, le sue giornate.

I sentimenti, pensò, hanno bisogno di sedimentare.

* * * * * * *

Nessuno sapeva del suo ritorno e nessuno lo aspettava; neppure sua madre.

L'arrivo all'aeroporto maltese di Luqa non lo affrancò dalla strana sensazione di "nomadismo" accumulata in oltre tre settimane trascorse tra Turchia e Montenegro.

Un quarto d'ora più tardi, arrivato alla Valletta, avvertì, rinfrescante e liberatoria, l'appartenenza a quella terra e a quella città.

Si guardava intorno come un bimbo che riscopre un luogo già visto.

Le strade, che mesi prima non lo riconoscevano in abiti diversi da quello talare – e per questo quasi lo scacciavano – ora lo accoglievano e pareva volessero perdonargli tutto.

Piacevole sensazione!

Gli capitò di passare anche davanti alla "sua" chiesa; rallentò, senza entrare.

Era un po' meno arrabbiato, ma ugualmente risentito, verso il suo "ex datore di lavoro".

Quel Cristo-padrone che, avendo per trono una croce, comandava senza ordinare, con il ricatto della pietà; chi, infatti, avrebbe osato non ascoltare un Uomo-Dio che parlava dall'alto di una croce, dove era finito inchiodato per amore?

Arrivato a casa, questa volta sentiva il desiderio e la felicità di riprendere possesso dei suoi spazi.

Non lo aspettavano, ma la gioia dei collaboratori della signora Bratocco fu tale che quasi lo spinsero verso la mamma; questa, non sapendo per chi fossero quelle manifestazioni d'affetto, era rimasta in attesa, seduta nella sua poltrona.

La vista del figlio la rianimò.

Mamma Emma era sempre splendida; la sua bellezza appariva appena sfuocata dai tanti psicofarmaci che le spegnevano la vitalità, togliendole il piacere del vivere.

Julian lo sapeva, perciò la abbracciò forte e a lungo, come se volesse infonderle vigore.

Lei rispose alla stretta cercando di attingere energia dal giovane figlio.

A mamma e figlio, segnati dalla stessa tragedia, da tanto, forse da troppo tempo, mancava quel rapporto di fisicità nel quale si stavano ritrovando. Durò poco.

Lei si staccò e un falso pudore – forse complice la precedente vita sacerdotale del figlio o la non abitudine – la fece arrossire.

Risistemata sulla poltrona che la accoglieva per molte ore della giornata, disse d'essere stanca perché … *"Ho passato una notte molto agitata".*

Poi, a Julian che chiedeva spiegazioni, raccontò di un pauroso incubo, che lo vedeva coinvolto.

"Un mostruoso roditore, con denti spaventosi, m'inseguiva per aggredirmi; voleva mangiarmi il cervello. Gridavo per avere il tuo aiuto ma tu continuavi a guardarmi senza intervenire, facendo aumentare il mio terrore".

Julian, pur commosso per la sofferenza notturna della madre, era soprattutto scosso per l'analogia tra il sogno appena ascoltato e quello che aveva travagliato la sua ultima notte a Budva.

Una sola differenza in quelle oniriche ossessioni: nel suo incubo il roditore si trascinava una croce.

Il giovane si convinse che quelle visioni notturne, quasi sovrapponibili – che attraverso il subconscio lo univano alla madre – meritavano, appena possibile, un'attenta riflessione interpretativa.

"Scusami, sono molto stanco; riposo qualche ora e … ci vediamo per cena", disse Julian.

Accarezzò teneramente la bella mamma dagli occhi tristi e si avviò verso la sua camera.

Abituato all'autosufficienza, voleva disfare il bagaglio e sistemare la roba; prima, però, decise di stendersi un momento sul letto.

Pochi minuti dopo, dormiva profondamente, sognando di essere avvolto in morbide coperte, nelle quali si rotolava soddisfatto e felice.

Sonno e sogno, momentanei padroni di quel corpo stanco, donarono ristoro al fisico e alla mente del giovane.

Quella notte, anche sua madre dormì e sognò; serenamente.

All'ora di cena, la mamma di Julian lo attese invano; poi, immaginando che dormisse, andò di persona a cercarlo in camera, con la segreta speranza di vegliare ancora una volta, magari solo per pochi minuti, quel figlio non più bambino.

Lo fece; e il cuore di madre, nella penombra della stanza, traboccò di gioia.

* * * * * * *

Certe volte, le sensazioni umane, soprattutto al risveglio, acutizzano le percezioni emotive, rendendole così vive e apprezzabili che neppure il cervello, nella sua massima lucidità, riesce a fare altrettanto.

Questo era stato il risveglio di Julian: un groviglio di emozioni che trovavano – in una mente esageratamente lucida – una rapida collocazione.

Insomma, il cervello dell'ex prete si comportava come un bibliotecario diligente che cataloga prima di archiviare.

E lui aveva proprio bisogno di trovare ordine, fuori e dentro di sé.

Era quasi felice: il suo "bibliotecario" aveva stabilito anche le priorità.

Sua madre avrebbe tratto giovamento dalla sua vicinanza; Tanja non rappresentava più alcun problema, per il momento; la morte di Samuel – pur mortificandolo profondamente – poteva solo essere metabolizzata; anche i suoi tormenti onirici, che meritavano attenta riflessione interpretativa – sia le visioni sia l'incubo – potevano aspettare.

Una sola cosa, quindi, restava in cima alle nuove priorità: trovare i responsabili della morte di suo padre.

Le indagini ricominciavano da dove erano state interrotte.

Il giorno dopo, madre e figlio pranzarono insieme; con loro, seduta al desco, la serenità.

Gli sguardi e i sorrisi erano frequenti, le parole rare; le frasi, pronunciate a bassa voce e sempre molto riguardose, ricordavano la presenza a tavola di don Julian.

Altri tempi; ma pochi mesi, pur travagliati, potevano far dimenticare abitudini consolidate?

Quel pomeriggio, mentre Julian era già pronto per uscire, la signora Emma – battendosi la fronte col palmo della mano destra, come succede quando improvvisamente affiora un ricordo – disse:

"Ieri, prima del tuo arrivo, un giovane dai modi gentili e assai elegante ha chiesto di te: se eri ritornato o se avevamo notizie".

"Ha detto qualcos'altro?"

La signora Bratocco chiuse gli occhi, si concentrò nel tentativo di recuperare qualche ricordo e aggiunse:

"Non ha detto altro. Ho avuto la sensazione che sapesse che stavi all'estero. Somigliava al figlio di Vito San-

graziano; forse… mi sbaglio".

Per un attimo, la mente di Julian andò in tilt. Ebbe la sensazione di voler dire qualcosa senza riuscirci. Si limitò ad annuire lievemente col capo, a significare che aveva ricevuto il messaggio.

Baciò la mamma sulla fronte, le sorrise e disse:

"Ho molte cose da fare; ci vediamo a cena. Ti voglio bene!".

Uscì.

Aveva parecchi impegni, forse; certamente aveva parecchio da riflettere, soprattutto su quella improbabile, anzi impossibile, presenza a Malta del figlio di Sangraziano.

Sapeva bene, Julian, che don Vito aveva un solo figlio, che si chiamava Samuel… che lui ultimamente aveva conosciuto e frequentato… e il cui corpo – lo sapeva e ne soffriva – era stato trovato misteriosamente impiccato ad una imbarcazione nel porto di Budva.

Pareva che il suo ritorno alla Valletta avesse riaperto le porte alle stranezze nella sua vita; per complicarla.

Questa volta, però, una spiegazione c'era: l'impressione di mamma Emma era sbagliata.

Lo pensò… senza esserne convinto.

Anzi, non voleva esserlo.

Capitolo diciassettesimo

Varcato il cortile interno e superato l'ampio e robusto portone della sua splendida dimora, Julian fu risucchiato dalla folla chiassosa di turisti, che in ogni periodo dell'anno movimentano la vita in Misrah Ir-Repubblika.

Dopo pochi metri si fermò, naso all'insù, ad ammirare il Grand Master's Palace, come un villeggiante qualsiasi, lui che turista non era e che aveva la fortuna, rara ed eccezionale, di poter apprezzare quotidianamente quella nobile dimora dalla splendida architettura.

Il Grand Master's Palace si erge nel bel mezzo della Valletta ed è il più grande edificio civile della capitale; è conosciuto come il Palazzo del Gran Maestro dell'Ordine degli Ospitalieri.

La facciata, su due livelli, incarna, con la sua austerità, lo stile tipico del Cinquecento.

L'ex prete, che di quel palazzo conosceva bene anche lo splendore interno, passandoci accanto non poteva fare a meno – come chiunque, del resto – di dare almeno un'occhiata, come a sincerarsi che tale bellezza esistesse ancora.

Soddisfatto, Julian s'incamminò lungo Triq Ir Repubblika; sapeva che, dopo cento metri, sarebbe passato – e non lo faceva volentieri – davanti alla St. John's co-cathedral, la "sua chiesa"; ma aveva voglia di fare il pieno di tutte le bellezze che si affacciano sulla più importante strada della città.

Mancava solo da un mese ma l'antica città dell'Ordine dei Cavalieri non consente ad alcun maltese un tale periodo di lontananza senza impregnarne il cuore di nostalgia.

Forse non si rese conto ma, nell'avvicinarsi alla cattedrale, aveva aumentato l'andatura e, evitando di guardare la piazza del sagrato, aveva cercato, alla sua destra, l'ingresso del Museo Archeologico.

Anche di quello sentiva la mancanza ma non era intenzionato ad entrare.

Voleva continuare a camminare; rivedere i luoghi che conosceva a memoria; riempirsi i polmoni dell'aria della sua città; muoversi come se avesse una precisa meta, che in realtà non aveva; riflettere e cercare soluzioni per problemi non risolvibili, almeno in quel momento.

In compagnia di questi desideri non espressi, era arrivato quasi alla fine di quell'importante arteria cittadina, ignorando la confusione dei villeggianti che, in alcuni tratti, quasi lo avevano imprigionato, trascinandolo nel procedere compatto delle comitive, serrate intorno a guide che, in varie lingue, decantavano le bellezze di quella capitale, Patrimonio dell'Unesco dal 1980.

Isolato nella confusione, Julian ebbe un sussulto quando sentì, a pochi centimetri dall'orecchio sinistro, una voce ben conosciuta, dal tono volutamente sussurrato ma briosamente sarcastico, che diceva:

"Mi sorprendi Julian... un uomo di chiesa... non rifiuta il dialogo con i morti!

Fingevi di non vedermi; mi stavi evitando, vero?".

Il giovane avrebbe continuato con quel tono canzonatorio, restando alle spalle di Julian, se questi non si fosse girato di scatto, dicendo:

"Samuel!? Sei proprio tu... Samuel?"

"Sì! Sono io... e sono... molto... molto... vivo".

"Allora il tuo corpo... a Budva... appeso ad una imbarcazione...?"

"Tu, quel corpo, l'hai visto... personalmente?"

"No... ma i documenti erano..."

"Sì, certo... i documenti erano i miei... ma solo quelli!"

Samuel accompagnò le ultime parole con un sorrisino furbo, di quelli che si regalano volentieri agli altri quando si vuole esaltare la propria scaltrezza; come a significare "hai visto di cosa sono capace?".

Comunque, non aveva aggiunto altro e dopo una breve pausa – che per uno significava "fammi capire" e per l'altro "aspetta e saprai" – si limitò a dire:

"Andiamo! Cerchiamo un posto tranquillo... al sicuro... dove poter parlare".

Samuel, che si mosse per primo dando la direzione, non aveva in mente alcun "posto tranquillo" in particolare.

Julian, dal canto suo, si limitava a seguire senza porsi il problema del dove andare.

Percorsero a ritroso tutto il cammino fatto in precedenza da Julian, fino a Misrah Ir-Repubblika.

Durante la strada c'era stato lo scambio di molte occhiate interrogative e soltanto poche parole; sostanzialmente dei convenevoli.

Giunti nella grande piazza, Julian si rese conto che, probabilmente, per quel ritrovato amico – e per ciò che doveva dire – nessun luogo pubblico era tanto appartato e discreto da poter accogliere le sue confidenze.

Senza rendersene conto – o forse volutamente ma senza

volerlo ammettere – Julian svoltò a destra e invitò l'amico a seguirlo.

Dopo pochi metri si fermarono davanti al portone di casa Tònnaro.

Si guardarono; gli occhi di entrambi approvarono quella soluzione.

Entrarono e alla donna che cerimoniosamente si avvicinava, Julian disse che si accomodavano nel salottino rosso e che non volevano essere disturbati.

"Avverto la signora?"

"No, grazie! Ci penso io... dopo, eventualmente".

Sistemati nelle avvolgenti poltroncine di broccato rosso, trapuntate con filo giallo-oro, i due cominciarono quasi subito a parlare.

Anzi, chi parlò, a lungo e con ricchezza di particolari, fu quasi esclusivamente Samuel; l'altro si limitò a porre domande, indispensabili per cercare una pur minima comprensione in quel lungo racconto, non facile, che sintetizzava uno squarciato storico, geografico e sociale di una malavita dai confini più precisi di uno Stato ma, allo stesso tempo, in continua evoluzione.

L'attonito Julian era sorpreso dalla complessità delle organizzazioni malavitose che stabilmente e impunemente trafficavano tra vari Stati del Mediterraneo.

Per un momento, i particolari di quegli illeciti commerci – che permettevano un facile e rapido arricchimento ma con un elevato rischio di finire in fondo al mare – sembravano perfino eccessivi per lui; a meno che, chi li stava fornendo, non avesse una precisa strategia.

Probabilmente, c'era anche questo nelle intenzioni di

Samuel ma, più semplicemente e forse soprattutto, tra quei due giovani si stava instaurando una relazione fiduciaria che, a dispetto della frequentazione relativamente recente, dava per scontato un rapporto d'amicizia e un futuro coinvolgimento.

* * * * * * *

Samuel parlò del suo rapporto con Ljubo, il padre di Tanja.

Da oltre un anno, tra loro due – con molta attenzione e altrettanto reciproco timore – c'era un rapporto di collaborazione-spartizione nel gestire il traffico di sigarette tra Bar, porto a sud del Montenegro, e Bari, capoluogo pugliese in Italia.

Facendo un inciso nel suo racconto, benché non ci fosse stata una richiesta specifica – ma sapendo di parlare a un maltese di origini italiane come lui – Samuel aveva ritenuto opportuno giustificare la sua notevole influenza nel porto barese grazie alle conoscenze del padre siciliano.

Il rapporto tra i due importanti trafficanti aveva portato a frequentazioni tali che fu quasi inevitabile la conoscenza tra Samuel e Tanja.

Il maltese – che oltre ad essere un abile dongiovanni sapeva di potersi permettere tutto o quasi nel suo paese e, forse, anche in Italia – non aveva ben compreso la pericolosità del socio montenegrino per chiunque si fosse avvicinato troppo alla sua famiglia.

Il rischio non servì a tenere a freno le intemperanze del donnaiolo maltese, avvezzo ad esaltarsi nel pericolo.

Comunque, affari e rapporti privati, non registrarono alcun sgarro tra i due, fino al giorno in cui a Samuel capitò di bloccare uno scafista disonesto che – tradendo la fiducia sua e di Ljubo – aveva cercato di appropriarsi di un carico di sigarette, che si era impegnato a vendere a un boss emergente della costa albanese.

Il rischio, per lo scafista disonesto, appariva ben valutato.

Appena preso il largo, si trattava di invertire verso sud la rotta e scaricare la merce nel primo porto a nord della costa albanese.

Siccome "i giuda" non sono mai soli, il secondo scafista, per ingraziarsi il "gruppo pugliese" e con la speranza di lavorare in proprio con il potente Samuel, aveva riferito a questi l'intero piano.

Ovviamente, ad attendere quel carico nel porto albanese c'erano gli uomini del maltese.

In seguito, nell'ispezionare il motoscafo per verificarne il carico, gli uomini di Samuel scoprirono, sotto le casse di sigarette, un grosso quantitativo di armi automatiche e cinquanta chili di cocaina.

Quella merce non rientrava nei patti del normale contrabbando Bari-Bar, che Samuel e Ljubo controllavano.

La cosa era grave, perché assai serie potevano essere le conseguenze legate all'eventuale scoperta, da parte delle forze di controllo italiane, di quel tipo di traffico.

Significava, in definitiva, che Ljubo stava tradendo Samuel; quindi, quella merce poteva essere trattenuta; non restituita.

Era chiaro che quel recupero non sarebbe rimasto un segreto e che, di conseguenza, bisognava prepararsi ad uno scontro aperto col malavitoso montenegrino.

Quella notte, a tutti gli uomini che avevano partecipato all'operazione, fu vietato allontanarsi.

Samuel aveva bisogno di tempo per studiare la strategia migliore e, quindi, non poteva permettersi che Ljubo sapesse subito che il suo "carico nascosto" era stato scoperto.

Il giorno successivo, alle prime luci dell'alba, Ljubo, avvertito che uno scafo non aveva raggiunto il porto pugliese, era partito da Budva.

Non aveva fornito spiegazioni ai famigliari (perché non voleva che si preoccupassero) e aveva evitato di parlarne ai propri uomini (perché non si doveva sapere che qualcuno aveva tentato di sottrarsi alla sua autorità: poteva significare minarne prestigio e timore).

Perciò, si era allontanato dalla sua piccola reggia in compagnia del solo fidatissimo *Franchetto*, autista e guardia del corpo, ex pugile italiano, oltre cento chili di muscoli, testa rapata, sguardo intelligente e vigile.

Ovviamente, il primo ad essere contattato da Ljubo fu Samuel.

Questi, sapendo che la partita a scacchi col socio montenegrino era iniziata, ammise subito che il motoscafo era in suo possesso, che aveva scoperto il reale carico, che non era facile tradirlo e che, non essendo uno sprovveduto, teneva gli occhi su ogni imbarcazione, tramite uomini fidati, per controllare la merce e gli uomini di Ljubo.

Non mancò di aggiungere che, proprio grazie a questa diffidenza, aveva scoperto prima lo scafista montenegrino infedele e poi il suo tradimento.

Ljubo, non avvezzo ad essere aggredito, anche se solo verbalmente, e soprattutto non disposto ad accettare lezione di onorabilità – in quel mondo di disonestà, dove la parola data e la fiducia andavano rispettate fino alle estreme conseguenze – rispedì al mittente le insinuazioni e aggiunse che non si sentiva meno furbo di quel giovane maltese del quale si fidava così poco da non accettarlo neppure come semplice amico della figlia Tanja.

Samuel, punto sull'orgoglio, cominciò ad inveire, pronto a far trascendere ferocemente quella conversazione telefonica.

Fortunatamente, il rapido intervento del montenegrino interruppe l'inutile ostentazione di muscolosità, che aveva l'unico scopo di non apparire "fregabile".

"Incontriamoci a Reževići tra due ore, al ristorante Moja Kuća (Casa Mia); niente armi... e non più di un uomo".

"Ci sarò! Avverti don Pino del nostro arrivo... che prepari la saletta al primo piano, dal lato della piscina piccola".

"Bene! Sarà lui il garante".

Il click di fine telefonata aveva interrotto solo la comunicazione tra i due, non i pensieri che, per entrambi, avevano cominciato a galoppare sulle ali degli imprevisti; ipotizzando mosse e contromosse.

Comunque, benché sotto la bandiera della diffidenza, ambedue sapevano che non correvano rischi reali, almeno in quell'incontro.

E conoscevano anche le ragioni; almeno tre, buone e valide.

La prima: incontrarsi sotto la garanzia di don Pino da Altamura significava non temere sorprese, pena la vita stessa del garante e della sua splendida compagna Denise.

Secondo: Ljubo – benché dopo la guerra fosse diventato un personaggio non da tutti amato e da tenere al margine dell'ufficialità – continuava a far comodo ad una classe politica che necessitava ancora d'interventi non proprio democratici. Questo lo rendeva intoccabile, nonostante tutto.

Terzo: Samuel, in quella zona e in poco tempo, era diventato altrettanto intoccabile, sia per l'economia, che il maltese era in grado di far muovere in vari ambiti, sia per la protezione massonica che, tramite il potere del padre, gli era garantita sempre e comunque.

Capitolo diciottesimo

Il proprietario del ristorante Moja Kuća a Reževići, il sessantenne don Pino, di Altamura, da oltre tre lustri faceva l'operatore turistico sulla costa montenegrina, tra Budva e Petrovac, avvalendosi della collaborazione dei figli.

All'istruzione non eccelsa, il pugliese sopperiva con un'intraprendenza economica e con un marcato intuito affaristico che, nel giro di pochi anni, lo avevano proiettato nel mondo della media finanza, tra gli imprenditori che contavano e che sapevano trarre dal lavoro ricchezza per sé e per i propri collaboratori che, nel caso di don Pino, erano quasi tutti italiani.

Il dottor Pianetti – come lo chiamavano i montenegrini della zona e soprattutto chi frequentava il Maestral casinò di Pržno, dove era facile trovarlo seduto ai tavoli da gioco – era riuscito a creare intorno alla propria persona un alone di consenso; riusciva a muoversi, con uguale rispetto, sia tra i notabili e i politici di quella realtà in piena espansione turistica, sia tra i personaggi malavitosi, che dalla rinascita economica della gente montenegrina stavano traendo molti benefici, spesso illegali.

Capriccio e vanto dell'intraprendente e stimato altamurano erano la splendida compagna – la bionda Denise di

159

origine tedesca – e la passione per la buona cucina mediterranea.

Soleva dire che la prima *"era una grazia, bella e importante, capitata nella sua vita di vizioso donnaiolo e giocatore"*, mentre la seconda *"era la naturale passione di un buongustaio"*.

Don Pino, nonostante non conoscesse la modestia – anzi, era la rappresentazione di un egocentrismo autoesaltante che, soprattutto nei momenti conviviali, lo rendeva verbosamente noioso – ometteva di dire che proprio la capacità di diffondere con arte i gusti e i sapori della cucina italiana aveva rappresentato quell'eccellente passe-partout che gli era valso consenso e rispetto.

Oltre alla riconosciuta passione culinaria, che lo aveva visto insignito di un titolo accademico nel Salento italiano, don Pino, per essere accettato come garante in certe situazioni, doveva necessariamente possedere altri pregi e difetti, ai quali Samuel non aveva fatto riferimento.

All'orario stabilito, Ljubo e Samuel si stringevano la mano all'ombra di un verde pergolato, nella splendida cornice panoramica che esaltava la posizione del Moja Kuća, incastonato in una collina rocciosa, su un promontorio alto circa duecento metri, con una vista mozzafiato sulla serena distesa del mare Adriatico.

La telefonata di poche ore prima non era dimenticata; in quel momento, però, bisognava parlare e mediare, perché solo i chiarimenti potevano costituire la discriminante per eventuali soluzioni.

I chiarimenti ci furono; le soluzioni arrivarono di conseguenza.

Il misfatto era effettivamente opera di uno scafista al

soldo del montenegrino; questi, come sempre informato di tutto, non aveva dato peso a quello che appariva come uno dei tanti piccoli "spostamenti" di alcune armi da guerra, trafugate da un deposito della Bosnia.

Nel caos post-bellico era possibile vendere e comprare di tutto, ma a chi poteva venire in mente di utilizzare un mezzo di mister Ljubo per trasportare armi?

La reputazione del boss di Budva era sufficiente a tenere lontano perfino la tentazione di perpetrare uno "sgarro" ai suoi danni.

Invece…

Ljubo e Samuel, erano chiusi da ore nel salottino *"delle bottiglie"*, il locale più riservato, quello che don Pino definiva la "sua cassaforte", per via delle numerose e rarissime bottiglie di vino e liquori, compresa una sezione speciale per i brandy, che costituivano un vero patrimonio, economico e storico.

Una rarità, alla quale esperti e riviste specializzate si erano interessati in varie occasioni.

Gli armadi occupavano tre pareti del salottino, mentre la quarta, totalmente vetrata, affacciava, dal lato della piscina piccola, sulla distesa incantevole della "baia Giardino".

Esternamente, a presidiare la porta, c'erano i due fidatissimi uomini dei boss: *Franchetto* per Ljubo e Mimmo per Samuel.

Mimmo – detto *"il guerriero"* per via dei suoi trascorsi in un corpo speciale delle forze armate italiane – benché fisicamente più piccolo, niente aveva da invidiare al possente ex pugile, sia per capacità che per fedeltà.

Cosa strana in quell'ambiente non proprio da chierichetti, i due "mastini" dei boss, che nutrivano reciproco rispetto, avevano un comune amico: Rino *"il saggio"*, il più grande dei due figli di don Pino.

Anche questi legami personali – che nulla toglievano alla fedeltà ai rispettivi capi – facevano del Moja Kuća il luogo ideale per incontri così particolari e aumentavano le garanzie offerte da don Pino.

Inoltre – forse per un gioco del destino – Franchetto e Mimmo erano ambedue di Altamura; il primo aveva lasciato la moglie italiana per convivere con una donna montenegrina, mentre il secondo aveva abbandonato la compagna di Podgorica per sposare una bitontina.

L'ex pugile e "il guerriero", in quella lunga e vigile attesa, avevano perfino scambiato delle parole in dialetto altamurano e bevuto insieme un caffè, offerto dal padrone di casa.

Pochi minuti dopo, erano tornati taciturni, con i visi seriamente tirati; nessuna cattiveria tra loro: erano soltanto più abili con le mani che con le parole.

All'interno della stanza, tra Ljubo e Samuel, le trattative non erano facili.

Risolto il caso che stava alla base di quell'incontro, urgeva definire una serie di altri particolari, per evitare futuri fraintendimenti o intralci reciproci.

Sapevano entrambi che gli interessi di molte persone, in Montenegro e fuori, si reggevano sulla loro capacità di mantenere stabili equilibri.

Questo li rendeva forti e sicuri nel difendere le reciproche posizioni ma, inevitabilmente, li orientava verso la ricerca di compromessi accettabili.

E di compromessi, in quelle ore, ne furono trovati parecchi; dalla spartizione concordata delle zone di reciproca influenza, ai tipi e alle quantità di merci da trattare.

Questi ed altri accordi, però, erano semplici corollari rispetto a due decisioni che imponevano accettazioni intrecciate e vincolanti.

La prima consentiva a Samuel – forte del tradimento scoperto – d'esigere la rottura di quella società che, come disse testualmente, *"non riesce più a garantire i miei interessi in terra montenegrina"*.

La seconda – che serviva a Ljubo per rendere la pariglia al maltese e recuperare la piena supremazia su quella zona e quei traffici – era più ampia e articolata.

"Domani mattina – disse Ljubo – *il mio motoscafo, con l'intero carico, deve trovarsi nel porto di Bar, a mia completa disposizione"*.

Dopo una breve pausa, quasi a voler bilanciare quella richiesta che a lui stesso pareva eccessiva, aggiunse:

"Sarò io ad occuparmi dello scafista traditore".

"Niente affatto!", intervenne il maltese, che rapido aggiunse:

"Le sigarette proseguiranno per Bari, secondo gli impegni presi con quel mercato; il resto del carico, non nostro, lo divideremo: tu terrai le armi, io prendo la coca. Credo sia una spartizione equa, anche se la bilancia pende a tuo favore. Ovviamente, ci occuperemo entrambi della sorte del traditore.

Anzi, questa sera stessa Franchetto e Mimmo faranno 'pulizia', mentre noi ceneremo con don Pino e amici".

L'idea della cena con altre persone costituiva un perfetto alibi per eventuali imprevisti, che non ci sarebbero stati.

Ljubo, però, aveva ancora una precisazione da fare, anzi un asso nella manica che ora voleva giocarsi al meglio.

Alcuni uomini del maltese sapevano che lo scafo 'sequestrato' era della flotta di Bar e quindi del boss di Budva, e non c'era garanzia che la notizia non trapelasse; per cui Ljubo, avendo necessità di ripristinare la propria autorevolezza, decise, anzi propose, che Samuel sparisse per sempre.

Impensabile, ovviamente, che l'altro facesse da agnello sacrificale, anche se solo apparentemente, per l'onorabilità del suo ex socio.

Quando, però, Ljubo illustrò il piano e fornì la motivazione, Samuel capì che non c'era spazio per intervenire, pena il crollo dell'intero accordo, che comunque andava rivisto.

In pratica, Ljubo aveva detto con estrema chiarezza che Samuel non doveva più avere alcun contatto con la figlia Tanja, aggiungendo testualmente: *"...E siccome la mia bambina, oltre a soffrirne molto, difficilmente si rassegnerebbe ad essere lasciata, devi sparire nell'unico modo al quale lei non può ribellarsi: devi morire"*.

Le circostanze del momento erano particolarmente favorevoli per attuare quel *trapasso* fasullo.

Addosso allo scafista, eliminato con una messinscena che servisse anche da terrificante esempio, si facevano trovare i documenti di Samuel.

Ljubo, fingendo di essere informato a cose fatte, avrebbe allontanato Tanja da Budva, ufficialmente per distrarla in quel triste momento, in realtà per impedirle di vedere quel corpo che ovviamente non era del suo amico Samuel.

Il piano, accettato, rendeva nullo tutto il lavoro e gli accordi delle ore precedenti; per cui, prima di attuarlo, tra parecchi 'distinguo' ed altrettante correzioni, furono ridiscussi i patti e trovate nuove soluzioni.

Alla fine, furono soddisfatti.

Entrambi avevano raggiunto un proprio non dichiarato scopo: Ljubo aveva liberato se stesso e il territorio da un pericoloso personaggio, che aveva protezioni troppo potenti per essere realmente *eliminato*, mentre Samuel – che il padre voleva stabilmente a Malta per importanti progetti – usciva di scena *liberandosi* in un attimo, e definitivamente, sia di Ljubo, al quale non avrebbe permesso in seguito influenze in territorio pugliese, sia dei tanti nemici che la rapida ascesa in Montenegro gli aveva procurato.

Ad accordo raggiunto, mentre si alzavano dalle comode poltroncine del salotto *"delle bottiglie"*, le loro mani si strinsero, a suggello di quanto stabilito.

Due cose restavano da fare: una telefonata agli uomini che tenevano in custodia il motoscafo e impartire l'ordine per quella "pulizia" doverosa, ora diventata anche necessaria ed urgente.

Le tenebre erano scese sulla piccola baia tra le rocce, al confine tra il Montenegro e l'Albania, e gli uomini già si preparavano a trascorrere la seconda notte d'isolamento, quando arrivò l'ordine da Samuel che lo scafo, col suo prezioso carico, poteva ripartire per il porto di Bar.

Con quella telefonata, che chiudeva una vicenda durata meno di due giorni, Samuel abbandonava la scena montenegrina e la dolce Tanja.

Fortunatamente, il cuore umano – e quello delle donne in particolare – trova sempre un nuovo motivo per pulsare d'amore; e quello di Tanja, già da qualche settimana, batteva per il giovane Julian.

Il destino, poi, si diverte a intrecciare le strade e le vite degli uomini.

Tanja non lo sapeva, e forse non l'avrebbe mai saputo, che il suo cuore era stato impegnato con due italo-maltesi, amici tra loro.

E Julian solo ora, dopo le confidenze e il racconto di Samuel, si rendeva conto – ma non lo disse – che avevano fatto parte dello stesso intreccio affettivo e familiare, considerato anche il loro rapporto col padre della ragazza; quel boss di Budva che, a sua volta, ignorava l'amicizia tra i due maltesi.

* * * * * * *

Quando Samuel tacque, Julian sapeva anche come, quando e con quali ultimi accordi il suo amico aveva chiuso definitivamente la partita con l'ex socio.

Una cosa, però, il padrone di casa non aveva capito: perché Samuel fosse stato così prodigo di particolari nel parlare dei suoi rapporti con Ljubo; soprattutto in considerazione del fatto che le cose e le persone di quelle vicende, per nessun motivo potevano costituire elemento di vanto, anzi…

Proprio mentre si accingeva a chiederlo, bussarono alla porta.

"Avanti!"

"Disturbo?"

"No, mamma! Vieni pure. Ti presento Samuel, mio amico e…".

"Ciao Samuel! Come sta tua madre? ... e il signor Sangraziano?".

"Bene, grazie!".

Il sincero sorriso della signora Emma aveva messo a proprio agio il giovane Samuel e meravigliato Julian, non più abituato a vedere la luminosità sul viso bello di sua madre.

I giovani avevano notato la quasi confidenzialità con la quale la signora Emma aveva chiesto della famiglia di Samuel; probabilmente, tra quegli adulti, non c'era un rapporto di semplice conoscenza.

Nessuno dei due parlò; la stretta di mano che seguì, interruppe il dialogo con la padrona di casa e mise fine al racconto di Samuel.

Mentre Julian accompagnava il suo amico verso l'uscita, Samuel disse:

"Ci vedremo domani, devo..."

"Hai ancora... da raccontarmi?"

"No! La vicenda montenegrina è finita. Devo parlarti d'altro... di tutt'altro".

"Ok, a domani. C'incontreremo alle undici al Cordina Cafè".

Non ci fu alcuna stretta di mano; il cordiale sorriso che si scambiarono rappresentava un sereno suggello per le confidenze fatte e ricevute e per un'amicizia oramai certa.

Capitolo diciannovesimo

Il giorno dopo, al *Cordina Cafè*, Julian e Samuel arrivarono quasi contemporaneamente, in perfetto orario; segno evidente che a quell'incontro i due ci tenevano, magari per motivi diversi ma considerati ugualmente importanti.

Samuel riteneva giunto il momento di partecipare all'amico un aspetto nuovo della sua vita, una cosa assai riservata ma non per questo privata, giacché coinvolgeva altre importanti persone.

Julian, invece, voleva capire il perché era stato scelto come depositario per quelle confidenze così personali, che potevano diventare un'arma nelle mani dell'individuo sbagliato.

A ben vedere, le due motivazioni potevano considerarsi complementari: uno cercava il legame tramite il coinvolgimento e l'altro lo accettava grazie alla stima fiduciaria ricevuta.

"Ciao!".

"Ciao!".

"Prendi il caffè?".

"Sì, grazie!".

"Due caffè, per favore".

A salutare per primo e ordinare i caffè era stato Samuel,

anche se in quella rinomata caffetteria era Julian il più conosciuto, fin da quando era bambino.

Il Cordina – e Julian lo ricordava bene – era il luogo dove don Alfredo, suo padre, si fermava ogni mattina per il caffè, omaggiato dagli altri clienti.

Quel ricordo tenero, perché odorava d'infanzia, fu rinforzato un momento dopo, quando, servendo i caffè con un sorriso bonario, l'anziano proprietario disse:

"Prego, reverendo don... Mi scusi... mi scusi signor Julian, sa il suo passato da..."

"Non si preoccupi, sono abituato", disse Julian mentre abbozzava un sorriso dolce, che sapeva di comprensione per quell'involontaria gaffe.

Dieci minuti dopo, i due amici erano in strada.

* * * * * * *

Probabilmente, questa volta Samuel aveva una meta precisa, perché, pur continuando a parlare, si muoveva – con calma ma senza mai fermarsi – lungo Triq Ir-Repubblika verso la punta della penisola di Sciberras, dove sorge Fort St. Elmo, la fortezza che sorveglia l'ingresso ai due porti della Valletta.

Quando raggiunsero l'ampia piazza sulla quale si apre l'accesso al forte, Samuel si fermò e guardò l'amico, come a volersi sincerare se conoscesse l'interno di quel posto non aperto al pubblico, o meglio, visitabile solo parzialmente e in occasioni di manifestazioni particolari, di solito in costumi d'epoca.

L'amico non fiatò.

Come ogni cittadino della Valletta, non poteva non conoscere quello storico forte, che lui aveva più volte visitato anche internamente, almeno nei percorsi accessibili al pubblico e con tanto di biglietto pagato.

Seguì Samuel.

Mentre stava per chiedergli qualcosa, un custode si materializzò all'ingresso, pronto ad aprire il pesante portone. Entrarono.

I guardiani salutarono ossequiosi, senza chiedere dove fossero diretti, tantomeno si sognarono di verificare se fossero muniti del regolare biglietto per la visita.

Era evidente che conoscevano bene Samuel e sapevano esattamente dove sarebbe andato, poiché, con lo sguardo e col cenno del capo, fecero capire che il corridoio a sinistra era libero; potevano procedere.

Evidentemente, quell'ala della fortezza, al momento della ristrutturazione, era stata adattata per un uso particolare, giacché attraversarono prima una porta troppo piccola che immetteva in un salone ampio e classicamente arredato, poi varcarono un portone sotto un arco in pietra e si trovarono in un salottino caldo e accogliente, con le pareti tappezzate di un riposante colore celeste che, in spessa moquette, continuava coprendo l'intero pavimento.

Alla loro destra, due armature da cavaliere, perfettamente lucidate, erano poste ai lati di una porta appena visibile nel monocolore della stanza.

Julian intuì che quella porta non l'avrebbero varcata.

Aveva ragione.

Il salottino che li accoglieva si presentava come il posto ideale per lo scambio di segreti e confidenze.

Samuel chiuse la porta e fece segno all'amico di sedersi.

Prima di accomodarsi, Julian guardò verso l'alto, ruotando la testa nell'atto di esplorare quel soffitto lievemente bombato e di colore blu notte.

Soltanto allora si rese conto del singolare sistema d'illuminazione di quella stanza; quattro lunghe e strette feritoie, una su ogni parete, nella parte più alta, lasciavano entrare quattro lame di luce che, violando quello spazio buio, formavano una croce sul tavolino di pietra scura, a tronco di piramide con il vertice piantato nel pavimento, che stava al centro del salotto.

Samuel, anticipando la probabile domanda dell'amico, disse:

"Di sera, o comunque quando l'illuminazione non è sufficiente, un sistema di luci dal basso, poste dietro gli scranni, permette di lavorare senza violentare questo spazio, destinato alla riflessione".

Il chiarimento non richiedeva commenti; d'altra parte non stavano lì per discutere d'illuminazione.

Comunque all'ex prete non sfuggì l'abbondanza di simbologia massonica presente in quel salotto.

* * * * * * *

Samuel, seduto di fronte a Julian, cominciò a parlare.

Assunse un'aria seria, da vecchio saggio; il tono, però, non era per niente paternalistico, anzi, era lievemente accattivante.

In pratica, il suo era un parlare per coinvolgere, esattamente come aveva fatto il giorno prima, a casa di Julian.

L'altro seguiva con attenzione e, ancorché interessato, manteneva sufficiente lucidità per non lasciarsi coinvolgere in fatti e progetti non ancora chiari; non voleva condizionamenti rispetto ad eventuali, future decisioni.

"Vito Sangraziano è mio padre; forse lo conosci, comunque avrai sentito parlare di lui.

Assai noto alla Valletta come commendatore, banchiere e Gran Cavaliere dell'Ordine, per gli amici – e parlo di amici speciali – lui è il Maestro Venerabile della Loggia massonica Lux Malta 49. Ovviamente, per me – consentimi il gioco di parole – è solo il venerabile padre.

E a lui, da figlio a padre, ho parlato di te".

"Posso sapere a che proposito?"

"Certo! Stavo per dirtelo".

"Credo – e spero di ricevere da te conferma – che oramai possiamo considerarci amici.

Per quanto mi riguarda, ottimi amici".

Fece una breve pausa, poi fissò il volto di Julian; cercava un cenno di assenso che non ci fu, come non ci fu diniego.

Julian semplicemente non mosse ciglio, disponibile a capire… ma a mantenere cautela sul resto.

L'altro decifrò quel silenzio e, anziché mostrarsi dispiaciuto, si sentì gratificato: aveva scelto un buon amico e soprattutto la persona giusta per la proposta che aveva da fare.

L'equilibrio di Julian rappresentava l'ennesima conferma della sua sicura affidabilità.

Come avvenuto il giorno prima, a parlare fu soprattutto Samuel ma, questa volta, le interruzioni di Julian furono frequenti, come le domande che l'altro poneva.

Si confrontarono, serenamente e senza pregiudizi.

* * * * * * *

Il giovane Sangraziano parlò della massoneria maltese;

dei dignitari rosacrociani che, dalla Sicilia, semestral-
mente partecipavano all'agape con i fratelli della Loggia
della Valletta; del vivere, conoscere e praticare i principi
e la filosofia della Massoneria; delle possibilità di carriera interna alla Loggia e alle tante e importanti occasioni
che la Fratellanza Universale riservava all'esterno, soprattutto in ambito socio-economico, ai fratelli migliori.

Le pareti ovattate del salottino di Fort St. Elmo stavano
restituendo un'immagine nuova, e forse anche più profonda e onesta, di Samuel.

Infatti, nelle varie sfaccettature di quel discorso ampio,
ma non lungo e dispersivo come avvenuto il giorno prima, non aveva omesso di dire che suo padre, il Maestro
Venerabile – più volte sollecitato da alcuni confratelli e
dallo stesso Samuel – si era sempre rifiutato di accogliere
la sua domanda di iscrizione e iniziazione.

La non accettazione di quella richiesta era giustificata
in Loggia, dal Gran Maestro, come *"inopportuna"* mentre, privatamente, in modo più sincero, al figlio diceva
che la sua condotta di vita *"moralmente equivoca",* per
frequentazioni e affari, poteva creare imbarazzo al prestigio cristallino che al Venerabile si chiedeva e che lui si
era costruito.

Che poi, quella costruita immagine non corrispondesse
al vero, era altra cosa.

Quelle sincere parole furono molto apprezzate da Julian, che tuttavia – forse anticipando tempi e proposte –
si era spinto a pensare che Samuel volesse prospettare
la sua candidatura per la *filiazione* in Massoneria; certo
che la moralità e le capacità del Tònnaro non avrebbero
incontrato ostacoli e, al contempo, avrebbero fatto capire
al Maestro Venerabile che suo figlio aveva anche "valide

e degne amicizie".

Dando corso a questa sua riflessione – che riteneva assai improbabile – si era perso le ultime frasi di Samuel che, evidentemente, accortosi della distrazione, chiese:

"Ti sto annoiando? Qualcosa non va… o vuoi chiedermi?"

"No, tutto bene. Continua pure. Un pensiero strano… mi ha distratto. Scusami!"

"Mi piacerebbe conoscere questo tuo pensiero strano, se possibile".

Con la schiettezza che lo distingueva, Julian non esitò a riferire la riflessione appena fatta; compreso che la ritenesse molto improbabile e – come disse – *"quasi fuori luogo"*.

L'altro, per niente meravigliato, si affrettò a chiedere:

"Perché definisci una simile ipotesi improbabile e fuori luogo?"

"Non lo so. Forse è una cosa alla quale non ho mai pensato; oppure, non anelo ad appartenenze elitarie e particolari o, più semplicemente, non mi è capitato di avere contatti e proposte del genere".

"E se una simile proposta ci fosse, seria e ponderata, che diresti?"

"Dovrei pensarci – come dici tu – in modo serio e ponderato; ammesso che ci fosse un minimo d'interesse, per una scelta simile".

"Pensaci Julian! Anzi… pensiamoci!".

Così dicendo, Samuel si appoggiò al bracciolo dello scranno con cuscino blu sul quale era seduto e si alzò, come se facesse uno sforzo.

Era strano vedere quel giovane e dinamico fisico cercare un sostegno.

Forse, pensò Julian, gli pesava molto quello che doveva dire e che, in effetti, non disse.

Infatti, aveva approfittato della sua riflessione per inserire quella proposta che, evidentemente, teneva in animo da qualche tempo... e chissà per quale ragione.

Anche l'ex prete si alzò e, fatto anch'esso strano, lui che doveva sentirsi appesantito da quel nuovo fardello mentale, si mosse con leggerezza.

Comunque, un nuovo pondo stava per gravarlo; non immane, per il momento, ma pericolosamente intrigante.

Capitolo ventesimo

La settimana successiva al colloquio in Fort St. Elmo, i giovani Tònnaro e Sangraziano né s'incontrarono né si cercarono.

Forse entrambi avevano bisogno di tempo per riflettere, oppure erano semplicemente impegnati.

Per le strade della Valletta, in quella settimana, nessuno vide Samuel, mentre in molti, e con piacere, incontrarono o soltanto videro l'ex prete.

La vita di Julian stava affacciandosi ad una nuova stagione.

Superato il proprio imbarazzo, poco in verità, e messo da parte il timore che l'abbandono della vita clericale potesse rappresentare motivo di scandalo o turbamento, il signor Tònnaro stava riscoprendo la sua città con occhi scevri dal "condizionamento del ruolo".

Riprese a cercare la "voce asmatica" che aveva tormentato le sue notti nei mesi precedenti.

Lo faceva con più metodo, senza ansia, convinto che alla fine l'avrebbe sentita, ora che aveva ripreso a muoversi tra la gente con disinvoltura e in tutti gli ambienti.

Si era convinto, infatti, che in precedenza non aveva cercato nei posti giusti.

Solitamente, un assassino frequenta posti malfamati più che ambienti raffinati o circoli culturali.

* * * * * * *

Anche la vita familiare, col venir meno delle preoccupazioni, era diventata meno ansiogena.

Grazie alla presenza di Julian – che con dolcezza la invitava quotidianamente ad assumere la dose di tranquillanti – la signora Emma si sentiva meglio e cominciava a mostrare maggiore interesse per quello che le succedeva intorno.

Nel volgere di qualche settimana aveva metabolizzato la "svestizione" di Julian.

In lui non vedeva più l'ex prete; arrivò perfino ad interessarsi al rinnovo del suo guardaroba.

Tornato allo stato laicale, il suo *"bel fisico andava valorizzato anche con abiti adeguati"* – disse un giorno sorridendo.

Julian, approfittando di quell'inaspettata apertura della mamma, le disse:

"Sono disponibile allo shopping... ma solo se sarai tu ad accompagnarmi".

Sapeva che stava chiedendo troppo ma bisognava osare; la moglie del defunto don Alfredo aveva il diritto di riprendersi la sua vita.

La reazione della donna fu sorprendente, perché, senza ulteriori sollecitazioni, disse:

"Certo che sarò io ad accompagnarti!

Ovviamente... se non ti vergognerai di uscire con la tua vecchia mamma".

"Non scherzare! Vecchia tu? Dai preparati... oggi uscirò con la donna più bella della Valletta!".

Sorrise, la abbracciò, la sollevò da terra e, prima di rilasciarla, la baciò forte.

La signora Tònnaro era raggiante come non mai. Poi, diventata improvvisamente seria, disse:

"Prima, però, devi farmi una doppia promessa: che mi starai sempre accanto e mi accompagnerai alla nostra farmacia, ho voglia di salutare tutti e di far vedere che sto bene".

Mentre Julian annuiva felice, lei aggiunse:

"È vero che sto bene, Julian?"

"Stai benissimo! Vedrai che tutti saranno contenti di rivedere la titolare: la bellissima dottoressa Emma Bratocco... e anche il suo giovane accompagnatore".

Sorrisero di gusto, come non succedeva da tanto.

Uscirono.

I primi passi della signora Emma furono incerti, tanto che dovette appoggiarsi al figlio.

"La gente mi stordisce", disse a bassa voce.

Julian, mentre accentuava la pressione del suo fianco sul gomito che la teneva a braccetto, per darle sicurezza, la distraeva facendole notare gli addobbi dei negozi.

Funzionava.

Dopo cinque minuti, la mamma si sentì abbastanza sicura da procedere senza il sostegno del figlio, al quale si riappoggiò solo quando varcarono l'ampia vetrata della sua farmacia.

Era emozionata.

Sapeva di alcuni cambiamenti, proposti e da lei autorizzati, ma non li aveva ancora visti.

Manifestò compiacimento per la sistemazione e apprezzò molto la nuova insegna a croce, di colore verde, con led lampeggianti.

La sua era ancora la più bella farmacia della Valletta e l'equipe di professionisti che la gestiva era di ottimo livello.

Il tempo passò velocemente e la piccola capitale maltese, per quelle due anime da troppo tormentate, divenne il centro di un mondo felice e irreale.

La signora Emma si rese conto che fuori dalla sua ricca e silenziosa abitazione il sole splendeva ancora; suo figlio capì che anche guardare una vetrina addobbata ha una sua bellezza, effimera ed estemporanea, ma piacevole e rasserenante.

Certo, è cosa altra e diversa dal contemplare un quadro del Caravaggio ma, nel particolare momento che stava attraversando, le due cose avevano lo stesso effetto; o così sembrava.

* * * * * * *

Il pesante portone di legno della casa in Triq Ir-Repubblika, che poche ore prima si era chiuso alle spalle di due ombre, ora si apriva per accogliere due persone serene e, forse, anche felici.

Una sorpresa attendeva Julian: la telefonata – come riferì la governante – *"Di una certa signorina Tanja che, con insistenza, chiedeva del signor Julian; ha lasciato anche un recapito telefonico... dicendo di chiamarla... appena possibile"*.

Il giovane, mentre si recava nella sua stanza per una rinfrescata prima della cena, riaprì mentalmente il piacevole album dei ricordi del periodo trascorso in Montenegro.

Si rese conto che dominante, in quei flash, era la figura di Tanja.

La tenerezza lo invase ma non avvertì, come si aspettava, il desiderio impellente di chiamarla. Ancora una volta, equilibrio e capacità d'analisi lo fecero desistere da una decisione affrettata. Bisognava ben ponderare l'opportunità di riaprire subito quel rapporto, certo non chiuso, che aveva bisogno del vaglio della lontananza.

Inoltre – ma questo la ragazza non poteva saperlo – ora lui era a conoscenza del rapporto avuto da Tanja con Samuel e di come questi fosse stato *costretto* ad uscire dalla sua vita.

Ma, l'aveva anche dimenticata… e per sempre?

C'era ancora un altro ostacolo: lui, nel raccogliere le confidenze dell'amico, non aveva fatto parola della sua relazione con Tanja.

Non si era presentata né l'occasione né il motivo per parlarne, tantomeno c'era stata una richiesta specifica o una non ammissione.

Il suo comportamento poteva apparire poco corretto nei confronti dell'amico, che si era aperto a private confidenze ma – e certamente questa riflessione aveva giocato un ruolo importante nel tacere – Julian si era preoccupato di non ferire la sua sensibilità; inoltre, non sapeva quale fosse il reale interesse sentimentale di Samuel per la ragazza di Budva.

Forse, non era sicuro neanche dei suoi sentimenti in quel rapporto; dopotutto, quella era la sua prima esperienza d'innamoramento.

Analisi complessa … per sentimenti complicati!

C'era bisogno di tempo per riflettere e, soprattutto, per parlare col suo amico, che nel frattempo era sparito.

I tanti, troppi pensieri che quella telefonata aveva riacceso, furono interrotti dalla voce della mamma: *"Julian*

la cena è pronta, vieni... ti aspetto".
"Arrivo subito, mamma!".

Cenarono quasi senza parlarsi, scambiandosi molti sguardi compiaciuti e toccandosi spesso le mani, a reciproca conferma che il cambiamento era iniziato ed erano disposti a viverlo; insieme.

Quando e come quel cambiamento andava attuato, era da definire.

Lei lo desiderava intensamente: la sua vita agiata, ma solitaria e annoiata, aveva bisogno del sostegno forte del giovane figlio.

Lui lo sperava, senza avere certezza di volerlo affrontare totalmente e subito: al mosaico della sua giovane vita mancavano ancora dei tasselli, i cui colori andavano scelti con cura, perché da essi dipendeva il risultato di un'opera che lui stesso non riusciva ad immaginare completa.

Il desiderio della mamma e la speranza del figlio costituivano l'ovvietà di una vita familiare serena; disgraziatamente, la mente umana segue percorsi e insegue fantasmi che le fanno costruire destini non voluti, che però vanno vissuti.

Julian lo sapeva; da uomo di studio, colto, equilibrato e dubbioso, era abituato a esplorare ogni angolo della mente umana... e a darle libero sfogo.

I suoi guai, spesso, avevano avuto queste origini.
Non sarebbero stati gli ultimi.

Capitolo ventunesimo

Ancora una volta, l'assennatezza di Julian nel ponderare bene le decisioni, era stata una buona consigliera.

Mentre lui era tormentato dai dubbi sul rapporto passato e presente, suo e di Samuel con Tanja, il suo amico si trovava a Budva cercando, forse, contatti con la ragazza.

In verità, a far tornare nella regione balcanica il giovane Sangraziano non era stato il capriccio o la passione ma il vento e gli eventi della storia, che avevano modificato la geopolitica di quella zona.

Infatti, la ricerca e i processi internazionali di coloro che si erano macchiati di crimini contro l'umanità, spingevano i nuovi governi a prendere le distanze anche da personaggi non incriminati ma solo in odore di partecipazione violenta ai conflitti interetnici e religiosi di quella martoriata area geografica.

Ljubo, per le sue origini croate – ma forse anche per la posizione economica e di controllo in certi affari sul territorio – era diventato, pur senza alcuna accusa ufficiale, un personaggio scomodo. Ora si presentava l'occasione per liberarsene; molti, dalla messa al bando di quel boss, speravano di ricavare vantaggi, inserendosi nel controllo degli affari illeciti.

Come spesso accade, a un malavitoso ne subentra un

altro, anziché la legalità.

Rimpiazzare Ljubo, però, per i montenegrini non era semplice; perché, dei tanti manigoldi che avevano spadroneggiato in quella zona, i più furbi erano entrati in combutta con Ljubo, perciò erano guardati con sospetto; gli altri, le mezze figure, non avevano gli attributi per mirare così in alto.

Diverso il discorso degli stranieri che, se veramente capaci, e soprattutto se portatori di valuta, non avevano difficoltà ad accaparrarsi affari e traffici poco leciti; la facilità di trovare manovalanza rendeva tutto più semplice.

Tra questi stranieri c'era stato, fino a poco tempo prima, il maltese Samuel Sangraziano.

Certo, non era né spietato né pericoloso come il boss di Budva ma altrettanto scaltro negli affari e, forse, anche più capace nell'intrecciare contatti a rete su tutto il territorio.

Inoltre, e questo mancava a Ljubo, lui riusciva a rapportarsi con politica e imprenditoria, grazie alle molteplici protezioni e conoscenze internazionali che gli consentivano credito e protezione.

* * * * * * *

Il commendatore Vito Sangraziano, non sapendo che il figlio "era morto" per il Montenegro, gli aveva chiesto con insistenza un particolare favore, avendo cura – cosa in cui era molto abile – di offrire subito una contropartita.

"Abbiamo necessità – e quando dico abbiamo sai a chi mi riferisco – di far stabilire in Montenegro una persona ricca, molto ricca, che deve investire grossi capitali.

Dobbiamo favorire il suo intervento economico, che va

a completare una nostra operazione avviata da mesi: rilevare, nella turistica città di Kotor, un'importante banca locale, che in passato controllava parte dell'economia della zona. Impoverita da una serie d'investimenti sbagliati, noi siamo pronti a rilevarla; se ne occuperà la persona che dovrai accompagnare".

"Scusami ma non capisco: perché un personaggio simile ha bisogno di un accompagnatore... e perché proprio io?"

"Te lo spiego: sono economicamente interessato come banchiere e come Venerabile, perciò devo avere un referente assolutamente affidabile...".

"Ti ringrazio per la fiducia ma...".

"Sarò più chiaro: questo era uno dei progetti per cui ti volevo subito a Malta; ce ne sono altri, ancora più importanti, sui quali sto investendo per inserirti tra i personaggi più famosi e influenti dell'arcipelago".

"Ancora grazie... ma restiamo a questo viaggio; volevo sapere...".

Il padre lo interruppe con piglio deciso, come sanno fare i genitori quando, pur senza minacciare, vestono i panni dell'autorevolezza per imporsi.

"Samuel ascoltami! In quest'affare sono in gioco anche i tuoi interessi e tu conosci meglio di chiunque la zona e le persone da contattare; inoltre – e questo lo capirai quando conoscerai l'investitore – la tua presenza è indispensabile per conferirgli iniziale credibilità".

Poi, prevenendo eventuali nuove osservazioni del figlio e fornendo prova dell'abilità che tanto in alto l'aveva portato, sferrò il colpo decisivo:

"A proposito, se vuoi presentare la domanda di filiazione per quel tuo amico ex prete, curerò direttamente le

investigazioni e sono certo che non ci saranno dubbi per la sua ammissione".

Nessun'altra osservazione.

Il convinto *"Ok!"* di Samuel mise fine a quella conversazione e sancì il doppio accordo.

In definitiva erano stati gli affari, quelli veri e grossi, a riportare Samuel in Montenegro, non l'amore, come sospettava Julian.

Anzi, a causa del suo *trapasso* fasullo, per Samuel quel viaggio rappresentava un pericolo che avrebbe evitato volentieri; inoltre non poteva neppure parlarne al padre, per garantirsi maggiore protezione.

Doveva sbrigarsela da solo e non sarebbe stato facile muoversi in totale segretezza, perché doveva prendere contatti e intrecciare relazioni a favore della persona che accompagnava.

Ovviamente, Julian conosceva abbastanza Samuel da sapere che, trovandosi in Montenegro, la sua vanità l'avrebbe spinto a cercare Tanja, per metterla al corrente che non era morto.

Purtroppo per lui, non era ancora morto neanche Ljubo, sempre informato su tutto quello che accadeva in zona.

I patti erano patti; il fatto che Ljubo dovesse muoversi con maggiore cautela, non autorizzava né il maltese né altri a infrangerli, illudendosi che la difficoltà del momento diminuisse la pericolosità del boss di Budva.

Samuel, che non era uno sprovveduto e sapeva di cosa sarebbe stato capace il suo ex socio in una simile situazione, ne anticipò qualsiasi azione, facendolo subito informare dalla sua ex guardia del corpo, Mimmo *il guer-*

riero, e proponendogli d'incontrarsi al Moja Kuća di don Pino.

Proposta accettata, a condizione che nel frattempo non si avvicinasse a Budva.

* * * * * * *

"Piacere, Samuel".

"Sono Mario Sciranò da Foggia, il piacere è tutto mio".

Il tono pomposo ma confidenziale, forse oltre il consentito per quel primo incontro, fece subito capire al giovane Sangraziano che il livello culturale del suo interlocutore non era eccelso.

Alla luce di quel primo impatto, acquistava senso anche la frase usata da suo padre *"...la tua presenza è indispensabile per conferirgli iniziale credibilità"*.

L'impresa non si presentava per niente semplice.

Samuel, però, si sarebbe presto ricreduto.

I due, pur non conoscendosi, sapevano tutto, o quasi, l'uno dell'altro. Erano stati ben informati. Quel loro viaggio era troppo importante per molte persone, perciò la loro intesa doveva essere totale e il rapporto andare oltre la fiducia.

Chi li aveva messi insieme li conosceva bene e sapeva che potevano essere complementari.

In effetti, il tempo d'attesa per l'imbarco e la durata del viaggio furono sufficienti perché Samuel modificasse il suo giudizio: andare d'accordo con Mario – solo così preferiva essere chiamato – era semplicissimo ed anche piacevole.

Quell'italiano, anzi foggiano come si definiva, era certamente un personaggio, ma guai a pensare che la sua scarsa cultura scolastica significasse incapacità.

Ci volle pochissimo per capire che quell'ultra sessantenne, abbronzato, fisico asciutto e ben conservato – magari con l'aiuto della chirurgia plastica – vestito in maniera elegante, anche se in modo troppo giovanile per la sua età, era assai simpatico.

Mario sorprendeva continuamente: parlava più lingue, nessuna perfettamente ma tutte sufficienti per farsi capire e gestire i suoi affari.

Era intelligente e sagace; barzellettiere esilarante, capace di raccontare storielle ascoltate o inventate – sempre condite di popolana foggianità – con la tipica aria sorniona dell'ignorante (un po' vero e un po' finto) che, verosimilmente, si divertiva a prendere per i fondelli gli ascoltatori di turno.

Comunque, in sua compagnia, il divertimento era assicurato, soprattutto a tavola, dove, oltre a manifestarsi un buongustaio, mostrava anche notevole conoscenza d'arte culinaria.

D'altronde, era figlio di ristoratore e, lui stesso, tra le molteplici attività imprenditoriali, vantava la proprietà di un lussuoso resort alla periferia di Foggia e, come diceva, *"... spesso mi reco in cucina... non solo per controllare"*.

Probabilmente, però, la dote migliore di quel foggiano che aveva *"girato mezzo mondo per affari e per femmine"*, come diceva parlando di se, era la sua indubbia generosità, della quale usufruiva chiunque gli fosse amico... ma soprattutto le belle donne, per le quali era disposto a spendere... ed anche a farsi sfruttare.

Conosceva questa sua debolezza ma, come amava dire

tra il serio e il faceto: *"... i soldi vanno e vengono... e forse anche le donne, però il ricordo di una bella gnocca è piacevole... per sempre"*.

Questo spiegava i suoi tre matrimoni ed altrettanti divorzi e, soprattutto, perché era sempre circondato da donne bellissime e giovanissime.

Infatti, altra massima del personaggio foggiano, parlando di donne, era: *"A venti anni vanno bene per...* (e sorrideva malizioso), *a ventidue per mostrarle in pubblico, a ventiquattro per sposarle; a ventisei sono vecchie... e vanno lasciate agli altri"*.

Questo era il personaggio Mario!

Il signor Sciranò era altra cosa: sveglio, abile nelle trattative, forse un poco irascibile negli affari (a causa di quei limiti culturali che lo facevano dubitare della buona fede degli interlocutori) ma una vera macchina da soldi.

Mario Sciranò era tutto questo e molto altro ma, soprattutto, era un massone.

Ovviamente, non era stato lui a confessarlo; questa era una delle informazioni ricevute dal padre Vito che, necessariamente, doveva mettere il figlio nella condizione di muoversi al meglio negli affari che sarebbe stato chiamato a favorire.

Mario sapeva che l'altro sapeva e, in un'occasione, parlando di alcuni investimenti a Santo Domingo – località d'origine della seconda moglie – aveva fatto riferimento alla Loggia "Giuseppe Garibaldi" di Foggia, che aveva favorito quelle operazioni.

I conti tornavano: l'economia mondiale ha le sue regole... e i suoi padroni.

ìCapitolo ventiduesimo

Samuel e Mario arrivarono con largo anticipo all'appuntamento del Moja Kuća dove, ancora prima di vedere il padrone di casa, incontrarono Mimmo.

Il guerriero salutò con deferenza il suo ex boss e, fatto cenno che voleva conferire in privato, si allontanò di pochi metri con Samuel.

Gli riferì, per *"dovere e rispetto"*, che Ljubo l'aveva chiamato a collaborare con *Franchetto* e che lui aveva accettato, a patto che fosse rispettato il suo impegno di fedeltà a Samuel; quindi nessuna richiesta di confidenze sul suo lavoro precedente.

Ljubo aveva apprezzato; tanto che, ora, gli aveva concesso – su espressa richiesta – di anticiparlo in quell'incontro, sia per salutare privatamente il maltese sia per evitare sorprese.

Samuel, commosso per tanta fedeltà, abbracciò Mimmo – che ne fu stupito – e subito dopo lo presentò a Mario.

Col solo sguardo, Samuel e Mimmo si dissero che non ci sarebbero state sorprese per Ljubo.

Il guerriero sorrise rilassato e precedette i due ospiti verso l'ingresso del ristorante, per aprire la porta.

Don Pino stava in attesa.

L'incontro tra i due italiani fu un'esplosione di simpatia.

Il padrone del Moja Kuća – pur riservando tutto il rispetto all'importante Samuel – parlava quasi esclusivamente in pugliese col nuovo ospite, al quale si rivolgeva chiamandolo *don Mario*.

Poco dopo, i due stavano in cucina a discutere con il cuoco se, con le vongole veraci, fosse meglio usare gli spaghetti o le mezze linguine.

Simpatia dei meridionali italiani… e della loro eccellenza nell'arte culinaria!

Alcuni minuti prima di Ljubo, varcò la porta del ristorante *Franchetto*; scambiò poche parole con Mimmo e riuscì.

Poco dopo rientrò preceduto da Ljubo.

Per un attimo il silenzio calò come una coltre a coprire persone e tavoli dell'ampio salone; anche il lieve refolo di vento che in precedenza muoveva i lembi delle tovaglie si fermò; perfino la sedia, mossa per consentire a Samuel di alzarsi, rispettò quella strana consegna del silenzio.

La voce no, quella si sentì calma ma chiara; era di Samuel che, fatti due passi in direzione di Ljubo, a braccia aperte, disse:

"Salve, Ljubo! Mi fa piacere rivederti.

Sono stato costretto a derogare al nostro accordo per motivi validi, per me… e per te.

Consentimi di presentarti l'imprenditore Mario Sciranò, che opererà come banchiere a Kotor e sarà a disposizione degli amici".

"Certamente!", disse Mario con disarmante sorriso ed eccezionale tempismo; poi aggiunse:

"Piacere! Gli amici di Samuel sono anche miei amici".

La stretta di mano che seguì, servì al foggiano per trascinare Ljubo verso un tavolo appartato, dove furono seguiti da Samuel.

Sembrava che a conoscere il montenegrino fosse più lui che il maltese. Anzi, fu lui per primo ad avviare la conversazione sul suo futuro impegno economico e sulla necessità che tra loro non ci fossero incomprensioni.

Ovviamente, disse tutto senza dire niente, nel senso che nessuna notizia delle attività sue o dei suoi amici fu svelata; mostrando così ai presenti di cosa fosse veramente capace e di come sapesse trasformarsi nelle trattative.

Samuel, che non avrebbe potuto fare di meglio, capì in quel momento cosa intendeva il foggiano quando diceva: *"Ho frequentato l'università al rione Candelaro"*. (Zona periferica e malfamata di Foggia).

Poi, per circa mezz'ora, parlarono tra loro gli ex soci, con calma e rispetto.

Ancora una volta i chiarimenti arrivarono e furono soddisfacenti per entrambi.

Forse andava ribadito, ma non ci fu bisogno, che Tanja non doveva sapere di quella "risurrezione".

La cosa fu chiara quando, prima di alzarsi dal tavolo per raggiungere don Pino e gli altri, Ljubo disse:

"Naturalmente, per il periodo di tua permanenza in Montenegro, i tuoi affari li gestirai da Kotor. Capisci che non può essere diversamente; tutti sanno che tu…".

"Capisco! Non aggiungere altro. Kotor sarà il mio quartier generale e se avrò bisogno di te… per il signor Sciranò intendo… sarà Mimmo il nostro contatto".

"Bene!", si limitò a dire il boss di Budva; poi, quasi contemporaneamente, come se ci fosse stata un'intesa, si alzarono.

Don Pino, che con la coda dell'occhio aveva seguito la manovra, si avvicinò ai tre e li invitò a fermarsi a mangiare, perché il cuoco aveva preparato un pranzo a base di pesce in loro onore e, come disse, *"Non possiamo certo mortificarlo con un rifiuto"*.

Anche l'altamurano don Pino aveva frequentato l'università della strada; infatti, le sue capacità nel valutare le situazioni e conciliare le posizioni gli avevano permesso di raggiungere quel livello di considerazione a nessun altro concesso.

Accettarono l'invito.

Mario, tra il sorriso compiaciuto dei presenti, disse:

"Prima, però, vado in cucina... per assaggiare".

* * * * * * *

Nella settimana successiva, seguendo Samuel e le sue indicazioni, il signor Sciranò conobbe le persone giuste nell'ambiente finanziario e riuscì, in solo tre ore di serrate trattative – alla presenza di Samuel, due avvocati e un notaio – a concludere la transazione che lo portò all'acquisizione dell'85% del capitale della Trgovaćka Banka.

L'acquisto era avvenuto in nome e per conto di una società maltese della quale lui era il legale rappresentante; ovviamente, nella sede di Kotor, il signor Sciranò assumeva l'incarico di direttore generale.

Samuel fu costretto a fermarsi una settimana in più del previsto.

Il passaggio delle funzioni, la riorganizzazione dei servizi e l'adeguamento del personale alle nuove esigenze, richiedeva una buona conoscenza della lingua.

Probabilmente, però, la sua presenza fu indispensabile

per far capire, a dirigenti e impiegati, che il comportamento istintivamente familiare del signor Sciranò andava apprezzato; guai a sottovalutare il nuovo direttore generale: era il maggiore azionista della banca e sapeva imporsi con ogni mezzo, compreso il licenziamento in tronco, all'occorrenza.

* * * * * * *

Prima del suo rientro in patria, Samuel fu informato da Mimmo – ma la notizia era già stata diffusa dalla televisione locale – che la signora Duša, nonna di Tanja, era rimasta uccisa in una sparatoria al mercato ortofrutticolo di Budva.

Se si trattasse di un attentato alla sua persona – magari per colpire Ljubo – o se fosse solo casualmente rimasta coinvolta in una sparatoria, non era ancora chiaro.

Certo, considerati i movimenti in atto per scalzare il boss di Budva, quello era un cattivo segnale e rappresentava un brutto colpo per Ljubo che, in nonna Duša, vedeva il legame che teneva unita la sua *"famiglia-non famiglia"*.

Il maltese, che aveva avuto occasione di conoscere quell'anziana, nobile signora, fu veramente dispiaciuto e per manifestare il suo cordoglio all'ex socio, non poté fare altro che affidare un biglietto a Mimmo.

"Sai che mi è impossibile starti vicino ma partecipo al tuo dolore. Domani parto per Malta, dove sarai sempre il benvenuto.

Considerami a tua disposizione, per qualsiasi evenienza".

Le poche parole, alle quali seguiva la firma, Samuel le

aveva ponderate attentamente.

Sapeva che dovevano servire non solo per esprimere condoglianze e solidarietà ma, soprattutto, per escludere un suo qualsiasi coinvolgimento in quel triste fatto.

In effetti, la sua concomitante partenza, poteva prestarsi non tanto ad equivoci tra loro, quanto a insinuazioni da parte di malavitosi.

La delinquenza, purtroppo, gestisce anche queste situazioni.

Un'altra cosa che Samuel avrebbe fatto volentieri –e lo rivelò anche al fidato Mimmo – era partecipare la propria vicinanza all'amica Tanja.

Sapeva, però, che non era il caso; comunque, *il guerriero*, aveva consigliato di astenersi dal commettere una simile leggerezza.

Sangraziano ne era convinto... ma sapeva pure che sarebbe stato bello, in quell'occasione, stare vicino alla sua amica, forse per l'ultima volta.

Dopo il biglietto, nessun cenno da parte di Ljubo.

* * * * * * *

Quella sera, Samuel cenò con Mario presso le famose "Bocche di Cattaro" – in un ristorante caratteristico ricavato nella roccia – dove li raggiunse don Pino, accompagnato da alcuni importanti amici di Podgorica, gli ultimi che il maltese doveva ancora mettere in contatto con Sciranò.

A cena si parlò molto d'affari e si fece cenno anche alla morte della signora Duša.

Alla fine, tutti si dichiararono soddisfatti, per gli affari conclusi e per la bontà di quel conviviale in cui il pesce fresco dell'Adriatico aveva svolto il suo regale compito.

Col pensiero, Samuel stava già in volo per Malta.

In effetti, il mattino seguente, i suoi pensieri se li trasportava, stretti e complicati, in un aeromobile della Montenegro Airlines.

Capitolo ventitreesimo

"La pratica Sciranò è sistemata".

"Ho saputo. Nessun problema?"

"Nessuno... almeno relativamente alla questione Trgovaćka Banka".

"Come relativamente..."

"Niente di particolare; una cara signora, mamma di amici, è morta in modo violento. Comunque, tutto ok".

"Bene! Ti ringrazio e... fammi avere quella richiesta... quella del tuo amico".

Sangraziano padre fece una breve pausa, che servì per fissare negli occhi il figlio; lo sguardo e il lieve sorriso di soddisfazione, comunicarono il proprio compiacimento per quello che Samuel aveva fatto e per quello che lui si accingeva a fare.

Poi aggiunse:

"Considera concluse le investigazioni su Julian. Le sue idee e la sua famiglia sono sufficienti garanzie per l'ammissione, anche se, come sai, le investigazioni vanno presentate e la votazione è indispensabile".

Fece ancora una pausa, come inseguendo una domanda per la quale aveva già pronta la risposta.

"Se non hai ancora pensato a chi sarà il suo Presentatore al Tempio... sono personalmente disponibile. Anch'io ci tengo al giovane Tònnaro".

Le ultime frasi del commendator Vito avevano sorpreso non poco il figlio.

Alcuni pensieri lo inchiodarono a rapide e dubbiose riflessioni: il Venerabile Maestro della "Lux Malta 49" era sempre stato molto rigido rispetto al rito e alle sue regole, perché ora quelle concessioni?

Perché aveva usato il nome di Julian, aggiungendo "Anch'io ci tengo al giovane Tònnaro", come a voler evidenziare che conosceva anche il cognome?

Non c'era che una risposta: a parte le notizie che attraverso le investigazioni erano giunte al Maestro Venerabile, Vito Sangraziano conosceva Julian e la sua famiglia.

Quelle rapide riflessioni richiamarono alla mente di Samuel un'altra stranezza: la signora Emma, la mamma di Julian, nel salutarlo a casa propria, aveva chiesto dei suoi genitori; già in quell'occasione, lui ebbe la sensazione che la famiglia di Julian e la sua si conoscessero bene.

Non ne parlò al padre che, in attesa di una risposta, disse:

"Allora? ...Ti sta bene se sarò io il Presentatore del tuo amico?".

"Sì, certo! Grazie. Domani avrai la richiesta di filiazione... credo".

Le sorprese non erano finite: suo padre, a distanza di oltre quindici anni, per la prima volta, lo salutò passandogli la mano tra i capelli, come faceva quando era ancora adolescente e sua madre li guardava felice, con quel viso bello e compiaciuto che dispensava cristiana bontà.

"Ciao, pà! A domani", si limitò a dire Samuel con un po' d'imbarazzo e una vena d'emozione per il delicato pensiero a sua madre che, si rese conto, non vedeva da

circa un mese.

Si ripromise che sarebbe andato a trovarla appena possibile.

* * * * * * *

Seduto al piccolo scrittoio di legno pregiato e finemente intarsiato, Julian sollevò la cornetta dopo il primo trillo di telefono.

Al suo *"Pronto!"*, dall'altra parte del filo la voce riconoscibile di Samuel che, senza neppure un saluto, disse:

"Domani, facciamo colazione insieme al Cordina Cafè?"

"Ok! ... Va bene alle otto?"

"Benissimo! Buon riposo.

Ah... Julian, pensa a ciò di cui abbiamo parlato a Fort St. Elmo; aspetto una risposta, ... affermativa, mi auguro".

"A domani!", aveva tagliato corto Julian, compiaciuto e seccato allo stesso tempo.

Aveva sentito con piacere la voce del suo amico, sia perché cominciava ad avvertire la mancanza del loro costante confronto, sia perché il sapere che non stava più a Budva, vicino a Tanja, lo tranquillizzava.

Ad ogni buon conto, aveva gradito poco quella velata forzatura per una scelta che lui non aveva ancora maturato.

Anche se, in verità, la decisione l'aveva presa, ma non voleva ammetterlo; avvertiva la fastidiosa sensazione che non andasse nella stessa direzione dei principi che lo avevano guidato fino a quel momento.

Ambiguità di una mente dubbiosa, sospesa tra incondizionata coerenza e desiderio di nuove esperienze!

Forse, non è vero che la notte porta consiglio; perlomeno, nel caso di Julian le cose andarono diversamente: la notte portò dubbi su una decisione già presa.

La mattina dopo, al Cordina Cafè, si meravigliò per l'entusiasmo reciproco che li coinvolse in un saluto dal sapore parentale.

Evidentemente, il piacere dell'incontro era sincero e, soprattutto, quel breve ma intenso periodo di frequentazione aveva forgiato un'amicizia tra due persone che avevano in comune simpatia e intelligenza; tutto il resto li differenziava.

Non si erano ancora seduti e la domanda era già arrivata, rapida e diretta.

"Allora?", chiese Samuel.

"Non capisco questa tua ansia. Comunque, ho deciso".

"Allora?"

"Allora... sì!"

Risero all'unisono e, nel "battere cinque" con la rispettiva mano destra – com'è in uso tra i giovani – per poco non mandarono all'aria i caffè che il cameriere, proprio in quel momento, stava appoggiando sul tavolino.

Risero anche di questo.

L'intesa era perfetta; l'amicizia era nata... il resto andava costruito.

* * * * * * *

Per iniziare col piede giusto quel rapporto, Julian ritenne opportuno liberare subito il campo da un particolare fino a quel momento taciuto: la conoscenza di Tanja.

"Ho una confessione da farti".

Abbassò la voce per richiamare l'attenzione su quello che stava per dire e aggiunse:

"Quando mi hai parlato di Tanja, la tua amica montenegrina, non ti ho detto che conoscevo sia lei che suo padre Ljubo.

La nostra è più che una conoscenza: abbiamo avuto una bella frequentazione… e sono anche stato a casa sua, ospite dei suoi genitori.

Non so cosa ci sia esattamente tra noi: con lei sto bene ma suo padre – con me sempre gentile e disponibile – mi crea momenti di disagio che non so ben definire".

Una risata di Samuel, spontanea e divertita, interruppe quel discorso impostato con troppa serietà.

"Vorresti spiegarti il disagio che si avverte a stare vicino a Ljubo? Impossibile!

È capace, senza tradire la minima emozione, di praticare il male per fini buoni e agire bene per scopi malvagi.

Devi sapere che aveva due nomi di battaglia: i serbi lo chiamavano il Diavolo, *i bosniaci* l'Angelo".

Seguì un lungo minuto di silenzio, durante il quale, forse, ognuno ripensò alla propria esperienza accanto a quell'uomo.

Poi, con tono quasi paternalistico, Samuel disse:

"Ho sempre saputo di te e Tanja; un mio fidatissimo uomo – nel periodo in cui suo padre le impediva di vedermi – m'informava sulle sue frequentazioni".

"Allora sapevi … quando mi parlasti delle tue vicende montenegrine, degli affari con Ljubo, della relazione con Tanja, della forzata sparizione perché lei non soffrisse…".

"Sì! Sapevo già di te e Tanja... ma avevo bisogno di capire il valore che davi alla nostra amicizia".

"Ora l'hai capito?"

"Certamente!".

"Beato te!", disse sorridendo Julian, facendo capire che potevano parlare d'altro.

Così fu.

Il discorso divenne nuovamente serio e quello che si dissero, a proposito della domanda di filiazione alla "Lux Malta 49", restò un segreto.

Anzi, quando lasciarono il Cordina Cafè, il tavolino l'avevano usato anche come scrittoio per preparare la domanda di ammissione.

Firmato, ripiegato e conservato dall'amico, il foglio sarebbe stato consegnato, il giorno dopo, al commendatore Vito Sangraziano che, come Maestro Venerabile, sapeva che uso farne.

Lasciarsi la penombra del bar alle spalle e fare un bagno nel sole accecante della Valletta, deve aver fatto pensare a Julian – metaforicamente – alla richiesta di Luce appena presentata alla Massoneria.

Quella luce che lui, intelligente e colto, sapeva che nessuno può donare, perché esiste solo nel cuore e nella mente dell'Uomo, che – proprio per i suoi insiti limiti – necessita di altri per poterne godere a pieno.

Questa riflessione, estemporanea ma profonda, lo portò a pensare che la Luce sulla quale rifletteva, forse, non poteva essere donata neppure dal suo ex padrone in quanto Dio Creatore ma solo come Cristo Redentore.

Ricevuta la richiesta scritta, il Maestro Venerabile fece in modo che le procedure e i tempi per la sua valutazione avessero un iter estremamente rapido; anche perché – come disse a suo figlio e come ebbe modo di dichiarare nel Tempio –

"... Le Investigazioni erano già state fatte, ... giacché, ancor prima della domanda personale, noi avevamo messo gli occhi su quella mente giovane e brillante e confidavamo nel suo desiderio di venire incontro alla Luce".

Stava succedendo tutto in fretta; forse troppo.

Probabilmente, ancora una volta, era vera la massima: "Il caso è il sentiero di cui Dio si serve…".

Capitolo ventiquattresimo

In quei primi giorni di giugno, Samuel viveva uno strano fermento: s'incontrava spesso con suo padre e molto meno con Julian, che però sentiva quasi quotidianamente.

L'accelerata voluta dal Maestro Venerabile per l'iniziazione, permise a Samuel di dire all'amico:

Il ventitré di questo mese, il giorno precedente l'agape di San Giovanni Battista, è stato fissato come data per la tua iniziazione.

Sono emozionato; mio padre… il Venerabile intento… mi permette di accompagnarti fino all'Atrio dei Passi Perduti.

Al tuo fianco, non ci sarà un fratello della Loggia ad accompagnarti, perché tuo Presentatore ufficiale sarà lo stesso Maestro Venerabile, per suo espresso volere.

Domani ti comunicherò le istruzioni utili alla preparazione. Non sei emozionato?"

"No! Francamente non più di tanto; e poi… preferirei che non ci fossero tue pressioni sul Venerabile… per favorirmi".

"Non preoccuparti, non ce ne saranno… oramai ti conosco troppo bene".

E rise di gusto.

Il dado era tratto.

In verità, più che affascinato da quell'esoterica appartenenza, Julian era interessato a verificare quante delle sue
conoscenze teoriche trovassero coincidenza reale in quel
mondo che aveva la pretesa di "illuminare" restando "al
coperto".

Il nuovo lo incuriosiva ma quasi mai lo sorprendeva!

* * * * * * *

I giorni passarono in fretta e il giovane Tònnaro, in
compagnia dell'amico Samuel, si ritrovò – nel primo pomeriggio di un ventitré giugno caldissimo – nel vestibolo
di una grande villa con giardino, fuori dal centro della
Valletta, oltre la fontana del Tritone.

Ad accoglierli, in rigoroso abito scuro, un signore di
mezz'età che, senza proferire parola, li invitò a seguirlo.

L'ambiente, scarsamente illuminato, appariva quasi
buio per gli occhi abituati all'intensa luce esterna.

Il drappeggio scuro alle pareti e il pavimento moquetta-
to, unitamente all'assenza di qualsiasi rumore, conferivano a quel luogo un senso di triste distacco dalla realtà e,
al contempo, una sensazione di ovattata protezione.

Attraversato un peristilio, l'uomo si fermò; fece segno
a Samuel di attendere; aprì una piccola porta alla loro
sinistra e indicò a Julian di entrare.

Anche l'uomo fece un passo oltre la porticina, si arre-
stò, indicò un tavolinetto sul quale stavano degli oggetti
che, a causa della semioscurità, si vedevano poco.

*"Questa è la Camera delle Riflessioni; siediti e rispon-
di alle tre domande del giuramento; poi, sul retro, scrivi
ciò che vuoi: quello che pensi della scelta che stai per
compiere o quello che vuoi far sapere di te ai membri*

dell'Ordine. Hai un'ora di tempo".

Senza aspettare risposta, l'uomo uscì, chiuse la porta alle sue spalle e riaffiancò Samuel e lo condusse nell'atrio dei Passi Perduti. Lo fece accomodare sull'unica sedia predisposta e lo invitò ad attendere.

L'atrio dei Passi Perduti è il salone intermedio fra la sezione amministrativa e quella rituale della Loggia.

Solitamente è un ambiente molto spazioso e multiuso, utilizzato come luogo di ricevimento, per le agapi, per le riunioni bianche o arituali, per le conferenze e altro.

In questo spazio possono accedere anche i profani.

Il salone, evidentemente, svolge anche una funzione più istituzionale; solitamente l'arredo è costituito da un unico tavolinetto, sul quale poggia il Registro delle presenze.

La grossa stanza dove si trovava Samuel era esattamente così.

Infatti, il Sangraziano che in quell'ambiente aveva già sostato in una precedente occasione, sapeva di quel registro e moriva dal desiderio di aprirlo e scorrere l'elenco nominativo.

Ovviamente, si guardò bene dall'avvicinarsi per curiosare; gli era stato detto di restare seduto… e rispettò la consegna.

Julian, invece, si trovava nel Gabinetto delle Riflessioni, una specie di ridotto nel quale era stato introdotto come Apprendista, perché deponesse le cure esterne (quindi anche tutti gli oggetti metallici che portava addosso: monete, gioielli, decorazioni) e imparasse a concentrarsi.

In quel minuscolo ambiente, poco più di uno sgabuzzino, tutto era dipinto di nero, compreso tavolo, sgabello e calamaio.

Sul tavolo notò due bicchieri, uno pieno di zolfo, l'altro di sale.

Man mano che gli occhi si adattavano al buio, Julian notava nuovi particolari.

Sulle pareti c'erano delle scritte – perlopiù macabre massime – che invitavano alla riflessione; una recitava: "Se la curiosità ti ha portato qui, vattene" e un'altra: "Se pensi di dissimularti, trema, noi penetreremo nei tuoi più segreti pensieri".

Notò anche alcuni simboli, come la clessidra a polvere, intrecciata con la falce della morte e un gallo con la scritta "Vigilanza – Perseveranza".

Giacché c'era, voleva capire.

Si alzò e si guardò intorno, per esplorare ogni minimo particolare di quella piccola stanza.

Sulla parete, alla destra del tavolino, c'era un quadro mobile che, spostato, evidenziò le mostre del Luogo dell'Orrore, altro sgabuzzino ricco di lugubri segnacoli.

L'ex prete, che sapeva di questi forti richiami simbologici e conosceva la teatralità di certe organizzazioni, non si lasciò intimidire.

Indubbiamente, però, quella scenografia sortiva il suo effetto: costringeva il profano a concentrarsi in se stesso e rispondere per iscritto, dopo matura riflessione, alle tre "domande del giuramento".

Anche Julian provvide a "redigere il proprio Testamento", rispondendo, convintamente e serenamente, alle tre domande: *"Che cosa l'uomo deve a Dio? Che cosa l'uomo deve a se stesso? Che cosa l'uomo deve agli altri?"*.

Prima di aggiungere le riflessioni personali sul retro del foglio, quel particolare Apprendista si soffermò ancora a meditare sulla massima "Se la curiosità ti ha indotto qui, vattene".

In effetti, lui era molto curioso ma non la curiosità era stata ad orientare la sua scelta, bensì il desiderio di conoscenza.

Questo coincideva esattamente col principio base della Massoneria: avvicinare l'uomo alla Luce e alla Conoscenza.

* * * * * * *

Trascorsa l'ora, la porticina del Gabinetto delle Riflessioni fu aperta dall'esterno ed entrò il fratello Esperto Preparatore (quello che lo aveva accolto), che questa volta portava dei guanti bianchi.

"Tutto è pronto! Devi prepararti", disse.

Ritirò il foglio del Testamento e spiegò cosa stava per fare e perché.

Al candidato fu denudata la parte sinistra del petto (in simbolo di franchezza e di sincerità), la gamba destra (in segno di umiltà), fu tolta la scarpa sinistra (in segno di rispetto) e gli si passò intorno al collo un nodo scorsoio, a simboleggiare il complesso di affezioni e d'idee che ancora lo tenevano legato al mondo profano.

In pratica, la cerimonia d'Iniziazione era cominciata.

Mentre lo bendava, gli disse che entro pochi minuti l'avrebbe introdotto nel Tempio, attraverso la porta occidentale; in seguito, posto nel quadro della Loggia, sarebbe stato sottoposto alle prove di terra, acqua, aria e fuoco.

Fu invitato a non preoccuparsi, a restare tranquillo e a rispondere con ponderatezza alle domande poste dai Sorveglianti e dal Maestro Venerabile.

Gli fu ricordato che il suo comportamento sarebbe stato valutato attentamente, perciò doveva controllare le proprie reazioni rispetto a quanto gli accadeva intorno: parole, acclamazioni, suoni, rumori di qualsiasi tipo, ecc.

La conclusione delle raccomandazioni fu:

"Quando 'riceverai la luce' nel Tempio, sei già Iniziato. Non potrai riconoscere i fratelli, perché saranno tutti incappucciati e punteranno sul tuo petto la punta delle loro spade, per attirare su di te le forze benefiche propiziate dal rito".

Intanto, si erano mossi; raggiunta la porta occidentale del Tempio si fermarono.

Il Preparatore invitò il Candidato a bussare, energicamente e disordinatamente, alla porta… e restare in attesa.

Dopo un momento di assoluto silenzio, dall'interno del Tempio arrivò forte e chiara una voce:

"Chi batte da profano alla porta del Tempio?"

"E' il Fratello Esperto che conduce un profano".

Seguì, tra chi stava nel Tempio e l'Esperto Preparatore che affiancava il profano fuori dalla porta, un fitto dialogo fatto di domande e risposte, secondo un preciso copione.

Infine, autorizzato ad entrare, l'Esperto condusse il profano tra le Colonne e rimase al suo fianco.

Una volta dentro, particolarissima, riconoscibile, indimenticabile per Julian – soprattutto in quella condizione da bendato – risuonò la voce del Copritore:

"Il Tempio è coperto!".

Il suono di quelle quattro parole – ma soprattutto quello "strano soffio aspirante, quasi asmatico, che s'imprimeva in maniera indelebile nel cervello" –

riaccese un'ansia momentaneamente sopita.

Quello che accadde dopo, in quel Tempio al coperto… e quanto mai ben disposto nei confronti del profano Julian Tònnaro, non è dato saperlo.

O meglio, si conosce tutto sul rigido e molte volte barocco e grottesco cerimoniale massonico, mentre niente trapela circa le poche, libere risposte dei profani.

Su quelle, certe volte, l'aspirante Apprendista si gioca parte dell'affidabilità, utile a favorire o rallentare le future possibilità di passaggio di grado (carriera!) all'interno dell'Organizzazione.

Certamente, non erano quelle risposte a preoccupare Julian; inoltre, la lettura del suo Testamento aveva ben impressionato tutti e lo stesso Maestro Venerabile si era espresso in termini lusinghieri su quel candidato che aveva voluto presentare personalmente.

La ricchezza del cerimoniale, l'intreccio dei roboanti dialoghi, le farsesche prove da superare e tutto il resto, restarono fuori dalla mente di quell'aspirante massone che, ancorché lucido e reattivo nelle risposte, stava vivendo un suo personale travaglio, che traspariva anche dal viso contratto e dalla voce poco chiara.

Per tutti, comunque, si trattava della normale reazione emotiva a quell'iniziazione che sapeva d'esame senza appello.

In realtà, era tensione interiore, intensa, focalizzata a cogliere ogni particolare utile per individuare, in seguito, il *"padrone"* di quella voce che da tanto tempo inutilmente cercava.

Tutto continuò secondo rito e prassi, tutto passò nella sua mente come il ricordo labile di uno stato preanestetico.

Stato quasi soporoso, che continuò anche a fine cerimonia quando – mentre erano tutti riuniti nel salone dei Passi Perduti per festeggiare il nuovo Apprendista – arrivò a sorpresa una dichiarazione del Maestro Venerabile:

"Domani, all'agape di San Giovanni Battista, col permesso dei Maestri e l'approvazione dei Compagni, l'Apprendista Julian Tònnaro sarà l'ospite d'onore".

Il Venerabile si aspettava un'acclamazione o, almeno, un segno di consenso… che non ci fu.

Solo silenzio e qualche sguardo interrogativo, per quell'onore mai concesso – e comunque poco ortodosso proceduralmente – ad un Apprendista fino a pochi minuti prima ancora profano.

Con la tipica calma della sua convincente oratoria, il Venerabile specificò che comprendeva le loro perplessità e chiedeva condivisione per una decisione che avrebbe potuto adottare d'imperio, nel Tempio.

Preferiva, invece, ottenere il loro consenso, perché tale decisione tendeva all'unico e supremo interesse della Loggia.

Inoltre, li invitava a considerare il prestigio che il fratello Apprendista Julian Tònnaro recava al Cielo stellato della Loggia, in virtù del suo precedente stato clericale, anch'esso ritenuto eccellente.

Poi, utilizzando il *pluralis maiestatis* raramente usato fuori dal Tempio, concluse:

"Crediamo che profondità e saggezza del suo Testamento siano sufficiente garanzia per la valenza del suo contributo. Con-tri-bu-to che ci consente di proporlo per il 3° grado.

Sarà in questa sua nuova funzione di Maestro, che potrà essere accolto e considerato come ospite d'onore".

La marcata sottolineatura del termine "contributo" aveva sortito l'effetto desiderato: per tutti fu chiaro che più che il nome, la cultura e il ruolo precedente, era il censo a collocare direttamente negli scanni della Colonna del Mezzogiorno il figlio di Alfredo Tònnaro.

Non era la prima volta che i canonici tre anni da Apprendista e da Compagno si riducevano a periodi brevissimi; certamente, però, era assai raro non occupare per niente lo scanno nella Colonna del Nord dopo il rito d'Iniziazione.

Julian aveva assistito a quella discussione come se si parlasse d'altri, sia perché, effettivamente, quella promozione rappresentava una sorpresa anche per lui, sia perché altri pensieri impegnavano la sua mente e il suo cuore.

C'era poi un'altra riflessione, né trascurabile né trascurata da quel ponderato cultore del dubbio: nome, cultura, status, esperienza, anche lo stesso censo... erano sufficienti a giustificare la sua nomina a Maestro?

Perché il Venerabile lo aveva preso sotto la sua ala protettrice?

C'entrava qualcosa la sua amicizia con Samuel o la conoscenza dei suoi genitori?

Vito Sangraziano voleva farsi perdonare – o addirittura espiare – qualcosa?

Tante domande e tanti dubbi... come sempre!

Capitolo venticinquesimo

Il mattino seguente, di buonora, ci fu la solita telefonata di Samuel; fare colazione insieme stava diventando un appuntamento fisso.

S'incontrarono poco dopo, al Cordina.

"Allora, ... com'è andata?"

"Non lo so! Tu sapevi niente della proposta di passaggio di grado?".

"Niente, assolutamente niente! È stata una sorpresa anche per me".

La reazione spontanea dell'amico, convinse Julian che effettivamente Samuel fosse all'oscuro della decisione paterna.

Era già una buona cosa.

Con calma ma senza nascondere la sua perplessità, Julian riferì quello che accadde prima e dopo la cerimonia.

Ovviamente, niente disse sul rito, per il quale era vincolato al giuramento del segreto; ancor meno, parlò della *"voce"* sentita e riconosciuta.

"Che mi dici dell'agape? L'appuntamento è alle ore diciotto; ci sarò anch'io... tra ospiti e parenti. Papà ha sollecitato il mio intervento al posto di mamma Louise... che ha declinato l'invito".

C'era enfasi nella voce di Samuel, a sottolineare che ci teneva molto a quell'incontro; voleva condividere con l'amico quell'*appartenenza* che lui stesso aveva propiziato.

"Sono lieto della tua partecipazione... ma siamo certi che nella promozione tu..."– disse Julian.

Samuel lo interruppe risentito:

"Ancora con questa storia... ma perché dovrei mentirti?"

Julian non rispose; abbozzò un lieve sorriso e mosse il capo lentamente come a voler significare *"chi lo avrebbe mai pensato"*; poi si alzò e disse, con garbo, che aveva delle cose da preparare.

L'amico lo seguì in strada e, ancora prima di affiancarlo, ironizzò a mezza voce:

"Beh... oramai gli impegni...".

L'altro si girò, lo spinse leggermente e con finta serietà disse:

"Smettila! Devo solo procurarmi dei guanti di cotone bianco".

"Capisco; il Venerabile ne fa ampio uso".

"Bene! Ci vediamo direttamente al..."

"Ok! Ciao".

* * * * * * *

Samuel aveva appena girato l'angolo e già il viso di Julian aveva cambiato totalmente espressione.

Quel mutamento d'umore non riguardava in alcun modo il suo amico; era soltanto ripresa la sequela di pensieri che, come il gioco dell'uno tira l'altro, lo aveva tenuto sveglio tutta la notte.

Il motivo per essere ansiosamente desto c'era: individuata *"la voce"*, sarebbe stato facile risalire all'assassino di suo padre; ma sarebbe stato semplice anche costringerlo a rilevare il nome del mandante? E che mezzo avrebbe usato? Ottenuta l'informazione, cosa avrebbe fatto all'omicida e al mandante?

Ad alcune domande riuscì ad abbozzare risposte convincenti; sapeva, infatti, che poteva contare su amicizie in grado di risolvere facilmente simili problemi.

Invece…

Su quell'*invece*… si apriva un altro mondo d'interrogativi, legati alla sua nuova appartenenza che, per l'occasione, rappresentava un ostacolo e non una soluzione.

Chiunque fosse l'uomo della *"voce"*, era parte di quel sodalizio che sapeva proteggere a spada tratta i propri membri.

Adesso, però, in quella fratellanza sedeva anche lui e, dal giorno dopo, in posizione importante.

Era in grado e, soprattutto, era opportuno che proponesse, come sua prima azione, un casus belli che coinvolgeva un confratello… anche se di dubbia moralità?

E se la Loggia fosse stata già a conoscenza? In tal caso, perché lo avrebbero accettato nei propri ranghi?

Questi ed altri interrogativi erano stati i compagni indesiderati dell'insonnia dell'ex prete che, per un momento, verso l'alba di quella notte in bianco, pensò che nel periodo clericale i suoi sonni erano più sereni.

La risposta che si diede era stata semplice, perfino un poco infantile: su quelle notti vegliava il suo Angelo Custode. Forse.

Comprò i guanti bianchi.

Vagò a lungo per la città, perché non voleva portare in casa, di giorno, quei problemi che appartenevano alle notti nella sua stanza.

Fu assalito dal desiderio di andare a sedersi nell'angolo del suo *"pensatoio"* ma rigettò subito l'idea.

Non voleva "troppa vicinanza" con la sua chiesa o era già il demonio che subdolamente "lavorava" nella sua mente, decidendo per lui?

Questo non se lo chiese, forse perché non voleva rispondere.

Finalmente tornò a casa.

Salutò la mamma con finta serenità; lei non era a conoscenza della sua filiazione e non era il caso di parlarne.

Mangiarono insieme.

Poi, si ritirò nella sua stanza e si preparò per uscire nuovamente.

In tasca aveva i guanti bianchi.

* * * * * * *

Un quarto d'ora prima dell'incontro conviviale, Julian stava attraversando la porta sud della Valletta in direzione Floriana, il quartiere che rappresenta l'ingresso alla zona residenziale, sede di uffici, agenzie e piccole imprese.

Il rinomato ristorante scelto per l'agape di San Giovanni, prenotato in esclusiva, si trovava lungo la via principale.

Julian, in anticipo di alcuni minuti rispetto all'appuntamento, camminava lentamente, da solo; né pensieri né dubbi accompagnavano il suo procedere, che si beava nell'aria insolitamente fresca, tra gli spazi verdi che abbondano nel quartiere.

Samuel lo raggiunse telefonicamente, chiese dove fosse

e gli comunicò che l'incontro, per motivi organizzativi, slittava di circa mezz'ora.

Julian ne fu quasi felice; si trovava nei pressi dell'Argotti Botanic Gardens e voleva godere il più possibile di quel rilassamento fisico e mentale che da tanti mesi non provava.

Si sorprese a fischiettare.

* * * * * * *

Quando varcò la porta vetrata del ristorante, ebbe la sensazione d'aver sbagliato luogo: la scarsa illuminazione e l'assoluto silenzio non facevano certo pensare a un locale prenotato per circa cento persone.

Tossì forzatamente, per segnalare la sua presenza.

Dall'apertura mediana di una pesante tenda rossa, a pochi metri da lui, si affacciò un giovane cameriere che gli fece segno di avanzare.

Si avvicinò, la tenda fu aperta totalmente e si accesero luci.

Partì la musica dell'inno alla fraternità, sovrastato da un lungo applauso.

Julian si trovò quasi al centro di una grande tavola imbandita, disposta a ferro di cavallo.

I commensali stavano in piedi, con la mano sinistra appoggiata alla sedia e la destra sul petto, palmo disteso e pollice ad esso verticale, a formare una squadra.

Tutto era stato accuratamente organizzato, in suo onore.

Ora, appariva chiaro lo scopo della telefonata del suo amico: serviva a tenerlo lontano per completare i preparativi.

Il posto d'onore, centrale rispetto alla parte convessa

della tavolata, era occupato da Vito Sangraziano che indossava un corto mantello, pesante e maculato, una via di mezzo tra una toga da magistrato e una mozzetta vescovile.

Alla sua sinistra stava Samuel, mentre alla destra c'era una sedia vuota.

Davanti a sè un campanello, che il commendatore suonò appena si rese conto che Julian si era ripreso dalla sorpresa.

"Propongo per il confratello Julian Tònnaro il passaggio di grado, da Apprendista a Maestro, per acclamazione e con effetto immediato.

Se non ci sono osservazioni... si proceda con la triplice batteria".

Seguì un brevissimo silenzio; solo il tempo di fare con lo sguardo il giro dei commensali.

Nessuna osservazione.

Al suono del campanello tutti impugnarono con la mano destra il coltello per realizzare quella strana triplice batteria; in pratica, si trattava di ripetere un gesto assai frequente nel Tempio, dove si batteva con la spada sul tavolino davanti al proprio scanno, per esprimere consenso e acclamazione; qui, invece della spada, era utilizzato il coltello per battere il bordo del proprio bicchiere.

Dopo l'acclamazione, il commendatore invitò Julian a prendere posto alla sua destra dicendo:

"Che il fratello Maestro occupi il posto indicato dai confratelli e assegnatogli dal volere e dalla compiacenza di San Giovanni".

Poi, il Venerabile dispiegò il grembiule di pelle bianca, istoriato in rapporto alla nuova dignità del fratello, e lo consegnò a Julian, che nel frattempo aveva occupato il suo posto.

Il grembiule è indossato nelle sedute da tutti i fratelli, dal primo all'ultimo grado.

Rappresenta il simbolo del lavoro manuale nella Massoneria Operativa e del lavoro per la ricerca della verità nella Massoneria Simbolica.

Con la consegna di quell'ultimo simbolo, si concluse la parte celebrativa; poi, guardando verso i commensali ancora in piedi, Vito Sangraziano aggiunse:

"Ora, i fratelli tutti – esclusi ospiti e parenti – avanzino per il fraterno triplice bacio al nuovo Maestro".

Subito dopo, lui per primo, abbracciò Julian e lo baciò per tre volte, sussurrando qualcosa al suo orecchio.

Tutti fecero altrettanto, "mettendosi all'ordine" per il rispettivo grado.

Quando tornarono ai propri posti, ancora in piedi, quello strano direttore d'orchestra con la toga, fece un cenno quasi impercettibile con la testa ad un commensale e invitò tutti al raccoglimento per la preghiera a San Giovanni Battista.

In Massoneria è consuetudine fare l'elogio del Santo alla "Festa Solstiziale" del 24 Giugno.

La persona incaricata, schiarita la voce con un lieve colpo di tosse, senza alcun altro segno esteriore, pronunciò forte e chiaro:

"Sei Tu di cui celebriamo la memoria, Figlio di Zaccaria; Tu che fosti inviato dal Cielo per render testimonianza alla Vera Luce, Tu sei colmo dello Spirito e della Virtù di Elia, Tu sei la voce che grida nel deserto, Tu sei il Profeta dell'Altissimo e più che un profeta.

Colui al quale rendesti testimonianza, Egli stesso ti ha

reso testimonianza in questi termini: fra i nati da donna non è mai sorto alcuno più grande".

Ancora una volta si sentì il suono del campanello e tutti si misero a sedere.

In un attimo, quel conviviale che sapeva di religioso si trasformò in un gioioso convito nuziale che, dopo qualche ora, appariva come un banchettare goliardico tra amici.

Naturalmente, man mano che si andava verso l'informale, anche i gradi e le differenze perdevano la loro importanza.

Riuniti a due, a tre, a piccoli gruppi o più numerosi nei pressi del bar o nel salottino adiacente al salone del banchetto, i discorsi avevano in comune quasi sempre lo stesso argomento: soldi, aziende, banche, affari.

Alcuni continuavano a tenere un comportamento più riservato e distinto di altri; erano tutti Maestri di grado elevato nella Loggia e di altissimo censo nel panorama economico maltese.

Costoro sostavano spesso in compagnia dei Sangraziano, coinvolgendo lo stesso Tònnaro, che si meravigliava di quanto il suo cognome fosse conosciuto in quell'ambiente.

Dopo poco, al gruppetto dei Sangraziano – che si distingueva dagli altri per il parlare discreto e gli ammiccamenti frequenti – si avvicinò un uomo corpulento che, pur muovendosi agilmente, quando cominciò a parlare, lo fece con tono affannoso, quasi fosse sotto sforzo, come producesse "uno strano soffio aspirante, quasi asmatico, che prima s'imprimeva in maniera indelebile nel cervello e poi si depositava, strano e riconoscibile, negli orecchi".

"Vogliate scusarmi; ho bisogno di parlare con urgenza con il commendator Vito".

Non aggiunse altro.

L'atteggiamento deferente mostrava una grande distanza tra quei due, benché l'uso del nome di battesimo e il tono tradissero un'evidente confidenzialità.

Julian trasalì.

L'uomo che da tanto cercava, stava lì, accanto a lui, poteva vedere il suo volto.

Lo fece; anzi, lo fissò in modo imbarazzante, per entrambi.

Fortunatamente, il commendatore intervenne per presentarli ufficialmente:

"Compagno Edmond Soldano, mio fiduciario personale".

"Piacere!", disse Julian.

"Sono onorato di fare la sua conoscenza", rispose l'altro, senza mascherare lo sforzo per quelle sette parole pronunciate senza pausa.

Sangraziano chiese scusa, fece segno a Edmond e si allontanarono.

Solo pochi minuti dopo, ripassavano sotto la tenda che avevano attraversato per appartarsi.

Edmond salutò con un cenno e raggiunse un altro gruppo di persone che, con i calici alzati, brindavano a qualcosa o qualcuno; non era il primo, né sarebbe stato l'ultimo brindisi.

Il commendatore, invece, chiamò a sé Samuel e parlottarono brevemente; poi, questi si avvicinò, salutò tutti, sussurrò a Julian *"Ci vediamo domattina al Cordina"* e si avviò rapido verso l'uscita.

Cinque ore dopo, forse complice l'abbondanza delle libagioni e i frequenti brindisi, quel convivio si sciolse come si fosse trattato del più normale e quasi anonimo ritrovarsi di amici presso un qualsiasi ristorante, per una comunissima cena.

Ovviamente, quella serata, i più l'avrebbero ricordata per gli abiti scuri dei partecipanti, per le tredici pietanze e la sosta – dopo la settima portata – per una nuova preghiera e una ripetuta batteria, questa volta in guanti bianchi, perché in onore di san Giovanni Battista.

Forse, più di ogni altra cosa, sarebbe rimasto il ricordo di quel passaggio di grado, anomalo e imprevisto che, probabilmente, sarebbe andato a incidere sulle attività della Loggia e della città.

Per Julian, invece, le considerazioni erano altre: se le libagioni trasformavano "accademici moralisti e liberi pensatori" in profani bevitori, potevano i principi sventolati e ceduti a buon mercato essere il frutto di convinti vissuti?

Possibile che le priorità di quel summit fossero tutte di natura economica?

In un simile ambiente, che senso aveva l'avulsa preghiera al Santo Battista se poi, volutamente, non c'era alcun richiamo alla figura del Battezzato "al quale non era degno di slegare i calzari"?

Insomma, come al solito, non le apparenze ma la sostanza affascinavano quell'anima vogliosa di verità.

Verità che non poteva trovare – e si rese conto subito – in quella fratellanza che la sbandierava ovunque ma che la barattava facilmente col vile denaro.

C'era poi, non ultima, la riflessione sui Sangraziano: com'erano veramente? Perché sempre tanti misteri intorno a loro? Lo stesso Samuel era quello che appariva? Perché, se aveva partecipato per stare al suo fianco, l'aveva visto così poco? Perché era sparito con tanta fretta?

Dei Sangraziano, forse, sapeva ancora poco e, verosimilmente, quello che non sapeva non gli sarebbe piaciuto.

Capitolo ventiseiesimo

Quella notte, ancora una volta, Morfeo avrebbe sconfitto Julian. Accadde solo in parte.

Lo stress per le decisioni da prendere e le strategie da adottare con e contro Edmond, in assenza di soluzioni immediate, lo portarono ad uno sforzo tale da creargli confusione mentale; e questa, si sa, riducendo la lucidità, diventa l'anticamera del sonno.

Dormì e sognò.

Quel sogno l'aveva già fatto; riguardava l'enorme pantegana grigia, impazzita, che trascinava, con una fune legata al collo, una croce troppo grossa per il suo corpo.

Questa volta non c'era ansia; sudorazione e paura, tipiche dell'incubo, non furono compagne del suo risveglio.

Samuel non gli telefonò; non ci fu la colazione al Cordina Cafè e lui, memore della benefica frescura goduta nell'orto botanico il pomeriggio precedente, decise di cercarsi un angolo di verde, all'aperto, per pensare, in serenità.

Pareva impegnato in un normalissimo lavoro, in realtà stava elaborando – almeno queste erano le intenzioni – un piano di vendetta, che non escludeva conseguenze estreme.

Era ancora lo stesso Julian? L'ex prete? L'uomo che

sapeva, e predicava, che solo perdonando si riceve perdono?

Probabilmente, non era più lo stesso.

Comunque, quelle domande non albergavano nella sua mente; forse, solo in parte e in un angolo remoto, erano ancora presenti nella sua anima.

Uscì e si diresse all'Upper Barracca Gardens.

Passeggiando all'ombra di quel magnifico giardino e dominando il Grand Harbour dai bastioni, ebbe la sensazione di guardare dall'alto anche le umane meschinità.

Peccato che tra queste non inserisse le sue; anzi, si sentiva quasi un giustiziere, mentre cercava il modo per punire un colpevole reo confesso.

Dimenticava, però, che la confessione l'aveva raccolta lui e, quindi, non poteva e non doveva avvalersi di quanto appreso.

Oramai il demonio era entrato in lui e ogni azione doveva essere funzionale a quel malefico padrone.

Quel padrone, inoltre, essendo astuto e intelligente, sapeva proporre soluzioni.

Soluzioni che l'uomo Julian, anch'egli intelligente, sapeva cogliere e tradurre in azioni pratiche.

L'ex prete, mentre conosceva il piacere del rotolarsi nel fango dell'immoralità, dall'alto dei bastioni notò uno strano e frenetico movimento nella zona del porto prossima all'ascensore panoramico.

Guardando meglio, gli parve di riconoscere, in chi impartiva ordini concitati, il suo amico Samuel.

Non utilizzò l'ascensore e non raggiunse l'amico al porto; aveva bisogno di stare ancora da solo e non voleva caricarsi di eventuali nuovi problemi.

Si fermò a godere ancora a lungo dei profumi di quei

fiori bellissimi che, ordinatamente disposti ai lati dei viali, sembravano bassi muri, coloratissimi, che delimitava-
no strade create per il piacere degli occhi e dell'olfatto.

In quei viali fioriti maturò la decisione: avrebbe incontrato Edmond.

La scusa c'era: il Maestro Tònnaro voleva vedere il
Compagno Soldano per parlare d'affari.

Fissò l'appuntamento per il venerdì sera, a Fort St.
Elmo, naturale luogo d'incontro tra massoni.

Mancavano tre giorni.

Aveva bisogno di tempo per organizzarsi; lo fece, senza
trascurare il minimo particolare.

* * * * * * *

Il venerdì sera, all'incontro, arrivarono con cronometri-
ca puntualità.

Evidentemente, entrambi davano importanza a quell'ab-
boccamento; peraltro, cosa assai plausibile in quella fratellanza, che degli affari economici faceva la maggiore
attrattiva di appartenenza e comunione.

Si scambiarono un rapido saluto e si mossero, in silenzio.

Come accadde quando arrivò al Forte in compagnia di
Samuel, un custode si materializzò all'ingresso, pronto
ad aprire il pesante portone.

Entrarono.

I guardiani salutarono ossequiosi; conoscevano quei
due visitatori e sapevano dov'erano diretti.

Raggiunto il salottino con le pareti tappezzate di celeste, ad ambedue noto, si accomodarono l'uno di fronte
all'altro.

La particolare illuminazione dal basso, nascosta dagli scranni, che Julian nel precedente incontro riteneva insufficiente, ora gli pareva perfino eccessiva.

Probabilmente, ciò che si accingeva a dire o fare apparteneva alle tenebre.

"Mi è stato riferito che nelle tue banche, a Malta e in Sicilia, curi, insieme ai tuoi interessi, quelli di parecchi confratelli.

Sono interessato ad approfondire alcuni aspetti di questi tuoi servizi.

Come sai, in passato mi sono occupato di anime; ora, nella nuova condizione di amministratore del patrimonio familiare, ho bisogno di consulenze".

Julian, con quell'approccio, aveva piazzato due allettanti esche: aveva fatto riferimento al suo passato di prete (per verificare se era stato riconosciuto come il suo confessore di una volta) e aveva parlato di soldi (argomento al quale un banchiere non sa resistere).

Edmond abboccò: mangiò alle due esche e diede soddisfazione al pescatore.

"La ringrazio per..."

"No, no, aspetta... dammi pure del tu".

"Ti ringrazio doppiamente. So, come tutti, del tuo passato impegno nella nostra stupenda co-cattedrale, dove mi sono recato qualche volta, fermandomi anche a parlare con un prete.

Sono stato parecchi anni in Sicilia a dirigere istituti bancari, perciò ho avuto scarsa frequentazione con i religiosi locali, nonostante sia un cattolico convinto... ma poco praticante".

Edmond sorrise furbescamente.

L'ambiguo personaggio, affatto ingenuo, cercava di capire se a raccogliere quella confessione della quale ora si pentiva, fosse stato l'uomo che aveva dinanzi o un altro prete.

Volutamente, Julian cadde nella trappola.

Per quello che stava architettando, aveva un doppio interesse: tranquillizzare il furbastro banchiere – non praticante… ma pauroso del divino giudizio – e distogliere ogni dubbio di coinvolgimento su quello che poteva accadere a Soldano.

"La co-cattedrale, essendo una chiesa-museo, ogni giorno vede l'impegno di almeno quattro sacerdoti, che si alternano nella somministrazione dei sacramenti ai cattolici o nel fornire buoni consigli.

Personalmente, esperto d'arte, mi dedicavo per lo più alla parte museale, di ampio interesse turistico".

Entrambi avevano piazzato i loro colpi ed erano convinti d'aver vinto.

Edmond riprese a parlare:

"Per il discorso finanziario, spero di poterti essere utile.

Credo, senza peccare di eccessiva presunzione, di essere in generale un ottimo amministratore; per i confratelli, poi, il discorso è diverso: i loro interessi, e quindi i loro vantaggi, sono importanti come e più dei miei, data la quantità di movimenti e l'alta affidabilità… in termini di garanzia, intendo".

Julian, mostrando soddisfazione e compiacimento per le precisazioni ricevute, disse:

"Magnifico! È quello che speravo.

In settimana, sentito il parere di mamma e deciso i fondi da impiegare, riprenderemo il discorso per definire tempi, modalità e differenziazione negli investimenti che, sia chiaro fin d'ora, dovranno avere trattabilità e disponibilità almeno in tre differenti Stati".

Il discorsetto, preparato e recitato alla perfezione, era stato presentato in maniera seria e credibile, con equilibrato senso di distacco dai soldi.

L'indifferenza per il denaro colpì nel segno: significava che quel ricco signore era anche nobile e lasciava margini di discrezionalità nell'operare.

Il topo stava pregustando il boccone di formaggio: data la premessa, quell'operazione doveva riguardare la movimentazione di grossi capitali.

Ovviamente, Soldano sapeva che avrebbe scrupolosamente fatto gli interessi del Tònnaro – confratello, Maestro e uomo di tutto rispetto nel panorama economico maltese – senza però dimenticare la sua buona fetta di guadagno.

La *vittoria* di entrambi li mise di buonumore: reale per l'uno, finto per l'altro.

Seguì una stretta di mano.

* * * * * * *

Il percorso inverso per i corridoi del Forte li portò fuori che era già buio.

Sul piazzale di Fort St. Elmo, fatti pochi metri, si salutarono, procedendo in opposte direzioni.

Edmond, nell'attraversare lo spazio scarsamente illuminato che separa il Forte dal National War Museum, fu aggredito da tre brutti ceffi, dal viso semi coperto.

Non fece in tempo a tentare alcuna reazione; prima che

riuscisse a realizzare quanto stava accadendo, si trovò incappucciato e spinto in un furgone scuro, che partì, senza fretta, lungo la circonvallazione di quella splendida capitale, dove simili avvenimenti non erano certo frequenti.

Raggiunta la parte opposta della città, superato il quartiere Floriana e l'orto botanico, l'automezzo puntò verso la periferia, direzione Luqa.

Giunto a destinazione, Edmond fu trascinato fuori dal furgone.

Non poteva rendersi conto di dove l'avessero portato ma, dal freddo umido che sentì addosso e dagli scalini in pietra che gli fecero scendere, capì che, probabilmente, si trovavano in una grotta.

Non si sbagliava ma non poteva verificarlo: il cappuccio non gli fu tolto, anche se allentarono la stretta alla gola e gli tolsero il bavaglio.

Capì che doveva parlare.

Infatti, cominciò subito un duro interrogatorio non immune da maltrattamenti, verbali e fisici.

"Allora, grosso maiale, ti stai interessando di nuovo ai Tònnaro; dopo aver fatto fuori don Fredo, ora cerchi di eliminare anche quell'ingenuo del figlio Julian, per poi costringere la povera vedova a svendere le proprietà alle tue banche. Non lo permetteremo... stanotte morirai".

Poi, il terrorizzato Edmond, avvertì gente muoversi intorno a lui; un calcio lo fece rotolare in terra con la sedia sulla quale era seduto e sentì il metallico rumore del caricatore di una pistola che mandava il colpo in canna.

"Fermi! Pietà! Non è come credete. Julian Tònnaro è mio amico e non gli farei mai del male".

Quelli che lo circondavano risero di scherno.

"Vuol farci credere di essere amico di uno al quale ha ammazzato il padre. Facciamola finita, ci prende in giro; uccidiamo questo cane vigliacco e poi si fa come stabilito: lasceremo il suo corpo sui gradini di una chiesa... così gli amici capiranno che don Fredo è stato vendicato".

"Un momento, per carità! Vi sbagliate.

Conoscevo appena Alfredo Tònnaro e niente sapevo delle sue ricchezze; anzi, mi è stato detto che andava eliminato per un atto di prepotenza fatto da giovane alla persona sbagliata, alla quale aveva anche osato soffiare la fidanzata.

Solo dopo ho saputo che c'erano altri interessi dietro quella morte".

"Spara e facciamola finita; non crederete mica a questo porco che cerca di salvarsi la vita.

L'avete visto in compagnia di quello smidollato Julian. Io dico che il nostro caro don Fredo va vendicato, subito... ora... troppo tempo è già passato".

La condanna a morte sembrava definitiva e imminente, quando:

"No... vi prego... aspettate un momento: non volete sapere chi è stato il mandante dell'omicidio per il quale volete giustiziarmi?"

"Parla vigliacco... e niente balle... se vuoi avere qualche possibilità di restare in vita".

"L'incarico mi è stato affidato da... da..."

"Parla!"

"È stato... Vito Sangraziano"

"Vito Sangraziano... il banchiere?"

"Sì, proprio lui!"

"Per quale motivo? ... Parla o ti ammazzo!"

"Non lo so esattamente… ma non solo per vecchie ruggini o soldi… la cosa riguardava anche il potere in certe società e organizzazioni…".

Al vociare concitato, seguì un silenzio improvviso e strano; in quell'umida caverna si sentiva solo il respiro asmatico di Edmond che diventava più pesante… tra un singhiozzo e l'altro.

Un colpo alla testa mandò nel mondo dei sogni l'ignaro attore di quella sceneggiata alla quale aveva assistito lo stesso Julian, che ne era il regista.

Anche gli aggettivi poco lusinghieri, utilizzati per la sua persona, erano opera sua e servivano tanto a rendere credibile la storia che a tenere lontano, in seguito, i sospetti per un suo coinvolgimento.

Malmenato a dovere – in modo che i vistosi segni del pestaggio servissero per non dimenticare – Edmond, ancora stordito, fu slegato e abbandonato in una scarpata, lungo la strada tra Luqa e La Valletta.

La prima parte del piano aveva dato i suoi frutti.

Il diavolo, però, era riuscito a confondere le carte: la vendetta era diventata giustizia… e Julian si accingeva ad amministrarla.

Capitolo ventisettesimo

Può la giustizia essere amministrata, con serena equità, se l'imputato è il Maestro Venerabile della tua loggia massonica di appartenenza?

E se questi è anche il padre del tuo amico, la decisione non diventa ancora più difficile?

Comunque, il piano andava portato a termine; il demone che si agitava in Julian implorava completa vendetta.

Bisognava, semmai, verificare il coinvolgimento di Samuel e decidere di conseguenza.

L'implicazione dell'imprevisto personaggio, con le sue relazioni, imponeva la ridefinizione del piano.

Bisognava non avere fretta e, soprattutto, non tradirsi.

La maschera della falsità, nelle parole e nei gesti, doveva diventare fissa e ben portata.

Quattro giorni dopo il pestaggio, Julian provò a mettersi in contatto con Edmond, certo della sua indisponibilità.

Invece, dopo il secondo trillo del telefono, arrivò il *"pronto"* di Edmond, con la solita voce riconoscibile e, in questo caso, anche sofferente.

"Sono Julian Tònnaro, come stai? Ti telefono per il nostro appuntamento…"

"Scusami, Julian; almeno per i prossimi quindici giorni, credo sarà impossibile vederci.

*Gli esiti di un brutto incidente mi costringono a restare
a casa. Appena potrò uscire, sarà mia cura telefonarti e
fissare un appuntamento.*

Spero tu non abbia particolare urgenza di definire..."

*"Assolutamente! Pensa a rimetterti... per il resto c'è
tempo. Se posso fare qualcosa... sono a disposizione".*

"Grazie! Sei veramente gentile".

Julian ebbe un ghigno di disgusto, una specie di sorriso
amaro, pensando con quanta disinvoltura anche altri in-
dossano la maschera della falsità.

Comunque, un'altra verifica era stata fatta: Edmond
non immaginava minimamente chi fosse il mandante e il
regista del suo rapimento lampo.

* * * * * * *

I giorni passavano e Julian, pur concentrato sull'aggior-
namento del suo piano, aveva ripreso la vita di sempre
ma con sfumature diverse.

Il fatto di non doversi più concentrare su ogni voce
ascoltata, lo rendeva più rilassato.

Il rapporto con la signora Emma lo vedeva più figlio,
facendo sentire l'altra più mamma, più viva e, di conseguenza, meno dipendente dai farmaci.

Gli dispiaceva, però, che anche con la mamma dovesse
portare la maschera, almeno sulle vicende ultimamente
entrate di prepotenza nella sua vita.

Maschera che – si rese conto in quel periodo di bugie e
strategie – indossava tanta, troppa gente; compreso il suo
amico Samuel che incontrò qualche giorno dopo, senza
appuntamento, al Cordina Cafè.

"Ciao, Samuel! Che fine hai fatto? Sei uscito in fretta il

giorno dell'agape e non ti ho più rivisto".

"Hai ragione. Un viaggio improvviso e imprevisto mi ha tenuto fuori città fino a questa notte.

Ti avrei cercato durante la mattinata. Novità?"

"No, nessuna. Mi sto abituando alla nuova vita e trascorro con più serenità le mie giornate".

"Non ti sono mancato, quindi, ... neppure per la colazione?"

"Ora che ci penso... forse sì, un poco, soprattutto perché sono costretto a pagarmela".

Risero entrambi, come entrambi sapevano di mentire.

Julian perché aveva visto Samuel al porto il giorno dopo l'agape e questi perché aveva saputo che l'amico era stato a Fort St. Elmo con Edmond.

Maschere, sempre più maschere.

In quel momento, tra la luce esterna e l'ombra interna al Cordina, si stagliò una figura sgraziata; anzi solo sproporzionata, magrissima, con un busto piccolo su gambe lunghe.

Guardò verso Samuel e questi, salutato in fretta l'amico, seguì la strana figura.

Tònnaro decise che avrebbe cercato di capire cosa stava combinando l'amico; non perché si sentisse messo da parte ma perché poteva tornare utile sapere se qualcosa di strano stava accadendo.

Oramai non poteva permettersi sorprese, da parte di nessuno.

Bastò una passeggiata al porto, tra gli ex dipendenti di don Alfredo, rimasti fedeli alla sua memoria e sempre disponibili con la famiglia Tònnaro, per sapere che due grossi motoscafi – *"di quelli che i Sangraziano usano per i loro contrabbandi"* – erano stati attaccati nelle acque di confine tra Albania e Montenegro; crivellati da armi automatiche, a stento avevano raggiunto il porto maltese.

Chi parlava aggiunse:

"Certamente s'è trattato di un avvertimento... per cosa non lo so... ma il figlio di don Vito sembra saperlo".

Julian non fece altre domande, non voleva apparire troppo interessato a quella vicenda; ringraziò l'amico marinaio e proseguì la sua finta passeggiata.

Pensò: c'entra qualcosa Ljubo in questa vicenda? Il potere del boss di Budva è ancora stabile? Sta cambiando qualcosa sul fronte della malavita albanese-montenegrina? E Tanja che fa, mi aspetta ancora?

Si rese conto che tutti quegli interrogativi – su una vicenda che non lo riguardava in alcun modo –miravano, forse, proprio a quell'ultima domanda... su Tanja.

Allontanò subito quel pensiero, per il timore di restarvi impigliato.

Aveva altro da pensare; e a quello pensò.

*　*　*　*　*　*　*

Dal giorno che aveva conosciuto il nome del mandante, cominciò a guardare a quel Maestro "poco venerabile" e all'intera massoneria con occhi disincantati: quell'organizzazione predicava il bene e pratica il male e – come già considerato in passato – aveva la pretesa di "illuminare" restando "al coperto".

Ora, c'era la risposta anche ad un altro dubbio del passato: "Vito Sangraziano voleva farsi perdonare o espiare qualcosa?"

Voleva "espiare".

Secondo Julian, però, come cercava di farlo era "comodo e facile"; ben altro aveva in mente il giustiziere Tònnaro: "Gli toglierò quello che mi ha tolto… prenderò una vita in cambio di una vita".

Il progetto di vendetta – che andava definito nei particolari – aveva un finale certo: la morte di Vito e, in sub ordine, quella del figlio Samuel.

Questa seconda ipotesi non gli piaceva ma non poteva non contemplarla, dato che sarebbe stata di più facile attuazione.

Intanto, andava fatto un doveroso distinguo: molte Logge, coperte o meno, tentano all'umana perfezione, attraverso illuminismo scientifico e umanesimo liberale, in perfetta buona fede.

Le tenebre appartengono all'egoismo umano non alle organizzazioni, di qualsiasi natura.

Comunque, ora più che mai, bisognava frequentare i lavori in Loggia e tenere migliori e più stretti rapporti col Venerabile, che neppure lontanamente doveva sospettare della compresa verità.

Il tempo passava; i lavori in Loggia proseguivano con regolarità, ogni giovedì.

Il Maestro Tònnaro, che aveva fatto parecchie donazioni, sedeva con sempre maggiore autorità nella Colonna del Mezzogiorno e di lui, il Venerabile, parlava come di un fratello prossimo al passaggio a un grado Capitolare.

Julian stava acquisendo, non soltanto in ambiente massonico, un riconosciuto prestigio d'immagine e di fatto, frutto sia della protezione del Venerabile che delle proprie capacità.

Le relazioni con i confratelli erano ottime ed era sempre più facile vederlo in compagnia di quelle persone che movimentavano il mondo economico dell'arcipelago e non solo.

Meno spesso s'incontrava con Samuel – forse per colpa di entrami – e questo un poco gli dispiaceva; sapeva che in alcune cose erano simili: portavano dentro l'impronta paterna, ne avevano sposato le negatività e stavano costruendo su quelle il loro futuro; forse, però, non volevano essere come i loro genitori.

Un'altra cosa li accomunava: nei loro cuori, due brave e buone mamme avevano saputo seminare.

E si sa, il seme dell'amore piantato nell'infanzia è duro a morire.

Probabilmente, non era un caso neppure il fatto che entrambi non avessero ancora preso moglie: due padri ricchi, potenti e arroganti, con due madri buone e sottomesse, invitavano a lunghe riflessioni sul matrimonio e le sue conseguenze.

In definitiva, Julian rispettava quell'amico che, come lui, era il tralcio di un vitigno buono, impiantato su un terreno sbagliato.

Il bene e il male molto spesso viaggiano insieme.

Ogni volta che Tònnaro arrivava a queste considerazioni, il suo progetto di vendetta subiva una battuta d'arresto.

Il diavolo, però, non si arrendeva... e un'altra idea malvagia contaminò la mente del giustiziere Julian.

Capitolo ventottesimo

Il banchiere Soldano – che per tutti aveva subito un incidente dal quale si era fortunatamente ripreso – aveva quasi dimenticato la brutta avventura subìta; anzi, per quel nome fatto sotto minaccia delle armi, si aspettava pericolose conseguenze che, fino a quel momento, non c'erano state.

Fino a quel momento, appunto.

Una mattina, le cose cambiarono improvvisamente.

Preceduti da una cortese telefonata che lo avvisava, due persone prelevarono il corpulento banchiere dal suo ufficio per accompagnarlo, in macchina, da un certo notaio, per motivi concernenti la sua professione.

Si fece trovare pronto e, nulla sospettando, salutò la segretaria con un *"Ci vediamo tra poco"* e un lungo sorriso di complicità, che rese evidente un rapporto più complesso.

In macchina nessuno parlò.

Dopo qualche chilometro, attraversato il quartiere residenziale, l'auto si fermò davanti al cancello in ferro battuto di un'abitazione dalla splendida facciata in blocchi di globigerina lavorata.

Il giardino, recintato da un muretto, trasformava quella classica casa maltese in una villa dallo stile ricercato, che evidenziava ricchezza e raffinatezza di gusto.

Poteva essere la bella dimora, con annesso studio, del notaio che lo attendeva.

Le cose non stavano così.

Appena in casa, chiusa la porta alle loro spalle, il banchiere fu spinto in una stanza, dove stava un altro uomo in attesa.

Ancor prima che quei giannizzeri parlassero, Edmond si rese conto che stava per rivivere l'incubo del sequestro e questa volta, forse, con conseguenze peggiori.

"Siamo quelli ai quali hai confessato un certo nome e, come vedi, siamo a viso scoperto.

Il riconoscerci non ti servirà, perché da questa casa uscirai o morto o con l'accettazione di una proposta che ti metterà al sicuro per sempre; sai che siamo di parola... giacché sei ancora in vita.

Perciò, apri bene le orecchie".

Chi aveva parlato, guardandolo dritto negli occhi, a pochi centimetri dal viso e con tono assai minaccioso, si fece da parte.

Avanzò di qualche passo chi pareva il capo del gruppo e, con tono assai calmo, quasi gentile, come chiedesse una cortesia, disse:

"Chiarito che non hai scelta, ecco cosa devi fare: giovedì prossimo, dopo i lavori in Loggia, fissa un appuntamento privato, per sabato, col Maestro Vito Sangraziano, nello stesso luogo e alla stessa ora dove hai incontrato Julian Tònnaro.

Con te porterai questa pistola".

Nella sua mano destra comparve l'arma avvolta in un panno scuro; l'uomo la mostrò sollevando il panno e, mentre la porgeva, raccomandò di maneggiarla solo con i guanti, per non lasciare impronte.

"Non ti vogliamo compromesso, perciò non prendere iniziative; devi soltanto presentarti all'incontro e fare in modo che Sangraziano ci sia. Il resto non ti riguarda.

Un'ultima cosa, assai importante: appena ti avvicini a Sangraziano, ancor prima di salutarlo, tira fuori la pistola, buttala ai suoi piedi e vattene… senza parlare".

Fece una pausa, come a voler concedere il tempo per comprendere, e aggiunse:

"Tutto chiaro?"

L'altro si limitò ad annuire.

L'uomo alle spalle del capo rifece la domanda, con tono minaccioso.

La paura fece emettere a Edmond un *"Sì"* più forte del voluto.

"Bene! – disse l'uomo dai modi educati – *Allora prepara i bagagli; hai alcuni giorni per sistemare i tuoi affari. Dopo potrai andare dove vorrai… e per noi non esisterai più.*

Esegui tutto alla lettera e ti sarai liberato, per sempre, da chi sa del tuo omicidio".

Dopo una pausa più lunga, con il tono che non era più quello gentile di prima, riprese:

"Ovviamente, se Sangraziano non si presenterà, se parlerai con qualcuno, se non farai esattamente quello che ti è stato detto, sei un uomo morto… e non solo tu".

Non aspettò la risposta.

Rivolto agli uomini alle sue spalle disse:

"Riaccompagnatelo! Poi, sapete cosa fare".

Si girò e uscì dalla stanza.

In macchina, mentre lo riaccompagnavano al suo ufficio in città, Edmond rapportò questo "sequestro" a quello precedente: era finito certamente meglio e, forse, anche con qualche prospettiva vantaggiosa.

Beninteso, era l'assenza di scelte che rendeva sopportabile quell'unica soluzione.

D'altra parte, Soldano era un uomo pratico e, nonostante le apparenze, sapeva ben vagliare le situazioni.

Questa volta, la valutazione era semplice: si erano mossi i poteri forti, perché chi lo ricattava, non solo conosceva tutto di lui, delle sue amicizie e dell'appartenenza alla Lux Malta 49 ma arrivava a contrastare il potere di Sangraziano.

Significava che altri, e non quei giannizzeri, erano i pupari di quell'operazione.

Pupari innominabili e invisibili ma sempre presenti; burattinai dall'incontrollata esistenza ma capaci di piegare le altrui volontà.

Nel silenzio di quel breve tragitto aveva maturato la sua decisione: avrebbe eseguito esattamente gli ordini ricevuti, cercando di trarre il massimo vantaggio.

Quell'arricchito dal passato equivoco, non poteva sapere che non erano previsti vantaggi per lui; la sua partecipazione a quel progetto era chiara e definita nella mente del progettista: doveva rappresentare la proverbiale fava che serviva per prendere due piccioni; uno era lui, l'altro don Vito.

* * * * * * *

Anche la parte progettuale che coinvolgeva il Sangraziano era stata studiata nei particolari.

Con questi il gioco era necessariamente più subdolo e,

di conseguenza, anche le regole erano più raffinate; nessuna violenza, soltanto strategia.

Il giovedì seguente, i lavori in Loggia si svolsero normalmente e, come sempre, a conclusione degli stessi, si fecero circolare tra i confratelli prima il "Tronco della Vedova" e a seguire il "Tronco delle Proposizioni".

Si trattava, nel primo caso, di far passare tra i confratelli in convocazione il *"sacco dei poveri"*: la borsa per raccogliere le oblazioni destinate ai poveri; nel secondo caso, il *"sacco delle proposizioni"*: la borsa in cui si pongono le domande o proposte scritte, dette anche *Pezzi di Architettura*.

Nell'una e nell'altra borsa, i confratelli immergono la mano chiusa e fanno cadere, nel più rigido anonimato, l'offerta nel primo tronco e un pezzo di carta nel secondo.

Alla fine dei lavori, il Venerabile svuota le borse e affida le offerte raccolte al fratello Tesoriere, mentre trattiene i *pezzi di architettura*, ne legge il contenuto e decide se e come utilizzare i suggerimenti e le proposte raccolte.

Quel giovedì, tra i *pezzi d'architettura*, uno catturò subito l'attenzione del Venerabile.

Lo lesse, sbiancò in volto – per la sorpresa e per il contenuto – e lo fece sparire in una tasca della giacca.

Dopo poco, attraversato il cortile coperto, chiuso nel suo studio, recuperò quel biglietto e lo rilesse con attenzione, ponderando ogni parola:

"Questa sera, dopo i lavori in Loggia, un fratello proporrà un incontro riservato al Venerabile per sabato sera, presso Fort St. Elmo.

*Le intenzioni di questo confratello sono figlie del-
le tenebre e il suo scopo è di spegnere la Luce della
Loggia, sparando alla nostra amata guida.*

*Invito il Maestro Venerabile alla massima pru-
denza. Personalmente non posso intervenire; ho
raccolto la notizia senza sapere quale fratello chie-
derà udienza privata.*

Un triplice abbraccio".

Don Vito, ancora incredulo per la notizia e per come
l'aveva ricevuta, stava rileggendo per la terza volta quel
breve ma chiaro avvertimento, quando sentì bussare alla
porta.

Fece sparire il pezzo di carta e disse:

"Avanti!"

La porta si aprì e la massiccia mole di Edmond si stagliò
nel passaggio tra la penombra del corridoio e la luce della
stanza.

Il saluto fu un semplice *"Commendatore…"*, accompagnato da un rispettoso inchino.

Avanzò e – poiché il loro rapporto lo consentiva – senza
alcun preambolo, disse che aveva necessità di parlargli
ma non poteva farlo in quel momento, perché doveva ancora verificare alcune cose. Concluse dicendo:

*"Se il commendatore è d'accordo, potremmo incon-
trarci sabato sera, sul piazzale tra il Forte e il Museo
Nazionale della Guerra".*

Sangraziano, capito che il suo fiduciario e compare era
il "Giuda" del biglietto, rispose convintamente:

"Sì, va bene! A sabato".

Subito dopo, facendo capire che non c'era altro da dire
e che era impegnato, finse d'immergersi tra i tanti docu-

menti che stavano sulla scrivania, per riprendere il lavoro interrotto.

Soldano si girò, muovendosi quasi al rallentatore, come in attesa di qualche altra parola, che non arrivò.

Nel corridoio, riprese a camminare regolarmente ma la testa era rimasta nella stanza di don Vito.

Questi, invece, pur restando alla scrivania, con la testa stava nel corridoio, seguendo passi e sagoma di quel compare che stentava a vedere nei panni di "Giuda".

Eppure, i fatti erano inequivocabili.

* * * * * * *

Comunque, pensando meno emotivamente e più razionalmente a quella faccenda, si rese conto che Edmond era una "mano armabile", sia contro di lui – e il movente c'era – sia contro chiunque altro.

Semmai, il problema era chi aveva interesse a "spegnere" con la violenza la luce della Lux Malta 49.

Gli bastò scuotere un po' più intimamente ed energicamente la sua coscienza per far venire a galla svariate colpe e numerosi e pericolosi nemici.

Uno lo insospettiva più di altri, era il 1° Sorvegliante, alto grado amministrativo, del quale non si fidava; da quando era arrivato, traferito da una Loggia romana, aveva la sensazione di essere continuamente spiato e controllato.

Ad ogni buon conto, al momento bisognava affrontare e risolvere il problema contingente.

Siccome Vito Sangraziano – commendatore, banchiere, Maestro Venerabile della massoneria ma, soprattutto, uomo d'azione e dal passato mafioso – non si lasciava intimidire, si mise subito al lavoro per preparare le contromisure a quell'agguato.

Reazione intuibile.

Julian Tònnaro, che si stava dimostrando un ottimo regista, aveva scritto anche la scenografia di quella vicenda, che non era un film ma una triste messinscena per consumare una vendetta.

Previsti e condizionati i movimenti degli attori, l'esito era scontato.

Il piano era semplice: Sangraziano, avvertito dell'agguato, avrebbe sistemato dei cecchini sul posto per prevenire il suo attentatore; Soldano, ignorando il piano completo, avrebbe messo mano alla pistola per gettarla ai piedi di Vito, ma i cecchini lo avrebbero freddato; Sangraziano, a sua volta, sarebbe stato ucciso da un altro tiratore scelto, nascosto in precedenza in posizione strategica.

In pratica, si trattava di un "giustificato" tiro al piccione, contro due disgraziati individui che in passato avevano assassinato altri ed ora non esitavano a uccidersi tra loro.

Julian aveva seminato e aspettava di raccogliere.

Il demone dentro di lui gioiva.

Il diavolo, però, spesso fa le pentole e non i coperchi.

Capitolo ventinovesimo

Il giorno seguente, fu un venerdì di passione e tensione per i tanti loschi individui di quella vicenda.

Solo Julian, moralmente non meno sporco degli altri, trascorse una giornata apparentemente tranquilla.

Infatti, dopo aver sistemato le ultime pedine di quella partita a dama che altri avrebbero giocato, cercò e incontrò l'amico Samuel.

Aveva necessità di capire se suo padre Vito gli avesse parlato dell'agguato che temeva.

In tal caso, l'irruenza del giovane Sangraziano poteva mandare tutto all'aria, prendendo decisioni all'insaputa del padre; ad esempio, anticipando tutto e tutti, affrontando e freddando Edmond prima di sabato sera.

Bisognava evitare qualsiasi variazione al copione.

Dopo aver scambiato un cordiale saluto e poche battute, Julian ebbe la certezza che l'amico ignorava il problema del padre.

Con la sua ipocrita maschera, oramai ben portata, riuscì perfino a scherzare con quell'amico al quale si apprestava a far ammazzare il genitore.

Non era difficile, stava solo applicando la "sua" giustizia: l'amico, incolpevole, perdeva il padre, esattamente com'era accaduto a lui.

Nessun dispiacere per il terribile dolore che stava per

procurare ma neppure compiacimento; soltanto soddisfazione per quel "dovere" da regolare.

Il resto della giornata la trascorse tranquillamente. Era sereno: aveva curato ogni particolare ed era convinto di agire bene.

* * * * * * *

Il sabato mattina, Julian si svegliò più presto del solito; non era preoccupato ma sapeva che quella sarebbe stata una giornata importante.

Consumò la colazione sul terrazzo di casa in compagnia della madre, che sempre più spesso utilizzava quello spazio per partecipare, senza uscire, alla vita cittadina.

La signora Emma migliorava giornalmente, sforzandosi anche di elaborare la propria vedovanza.

Mentre facevano colazione, una radio locale che trasmetteva canzoni interruppe i programmi per dar conto di due incidenti mortali che, cosa strana, riguardavano due banchieri molto noti in città.

"Il primo, il commendatore Vito Sangraziano, sessantunenne marito della nobile Louise An-Sisa e padre del giovane imprenditore Samuel, è stato trovato morto nella propria abitazione. Nonostante i molti dubbi, gli inquirenti parlano di morte per annegamento, dopo una caduta accidentale nella vasca da bagno.

Sono in corso gli accertamenti di legge".

La cronaca continuava col resoconto dell'altro banchiere morto.

*"Si tratta di Edmond Soldano, poco più che cin-
quantenne, convivente con una giovane polacca,
morto in modo atroce: decapitato da un filo d'ac-
ciaio, posto trasversalmente tra due alberi.*

*Sembra che l'uomo stesse percorrendo in moto, a
velocità sostenuta, il lungo viale privato che porta
alla sua grande villa sul litorale sud di Malta, nei
pressi della Grotta blu.*

*Anche in questo caso, sono in corso gli accerta-
menti per stabilire l'esatta dinamica dell'incidente
e chi e perché abbia preparato la mortale trappola".*

Mamma e figlio restarono per un attimo senza parole.

Il loro dispiacere, per quella doppia disgrazia, era evidente; soltanto che lei era sincera, lui fingeva.

*"Sento tanta tristezza... conoscevo bene Vito Sangra-
ziano; anche tuo padre lo conosceva... erano coetanei.*

*La moglie, donna An-Sisa, è una signora bella e carita-
tevole. Mi dispiace molto per lei.*

Se non sbaglio tu conosci Samuel, loro unico figlio".

La ricchezza di particolari su quella famiglia e la sincera commozione della mamma confermavano i dubbi
avuti in precedenza da Julian: i suoi genitori e quelli di
Samuel si conoscevano bene.

*"Sì, Samuel è mio amico... e sono veramente addolora-
to per quanto gli è accaduto.*

*Conoscevo sia Sangraziano che Soldano, anche se non
ho mai avuto frequentazione con le rispettive famiglie".*

Seguì una lunga pausa di riflessione individuale e rispetto per l'amarezza che entrambi provavano.

Poi Julian si alzò e disse:

"Scusami, mamma, devo uscire; voglio vedere Samuel... potrebbe avere bisogno di me".

"Vai, non preoccuparti.

Informati sulla data del rito funebre, perché vorrei partecipare... se mi accompagni".

"Certamente!", rispose lui.

Quando baciò la mamma sulla fronte, non c'era più finzione ma tenero amore filiale.

Uscì.

Mentre camminava, senza una meta precisa, si rese conto che il dispiacere per l'amico era maggiore della soddisfazione per la morte del padre.

Era la prima avvisaglia del frutto amaro della vendetta?

Comunque, se la scenografia era cambiata, i morti c'erano... ed erano quelli previsti dal copione.

Bisognava capire chi era il nuovo regista; perché una cosa era certa: quelli non erano incidenti!

Cercò Samuel e seppe che si trovava a Marsaskala, nella villa di St. Thomas Bay, dove si era recato per prendere la mamma.

* * * * * * *

Senza rendersi conto, aveva percorso il tratto di Triq Ir-Republika in direzione Fort St. Elmo, luogo dei suoi molti tormenti.

In realtà, lui aveva bisogno di un luogo diverso, tranquillo, dove poter pensare, magari recuperando serenità.

Forse, anzi certamente, sapeva dove voleva andare, soltanto che il nuovo padrone del suo cuore non glielo permetteva.

In ogni caso, invertì il senso di marcia; questo, almeno, riusciva ancora a farlo in autonomia.

Non pensava a niente ma nel cuore si era scatenata la tempesta.

Sapeva, procedendo in quella direzione, che sarebbe passato in St. John's Square e lì, in quella piazza, c'erano la "sua chiesa" e il suo pensatoio ideale.

Probabilmente, in quel luogo, avrebbe trovato serenità.

Una voce dentro, però, gridava: *"Fandonie! Nessuno, in quel luogo, ti avrebbe suggerito di consumare la tua vendetta e l'assassino di tuo padre sarebbe ancora vivo"*.

Più sussurrata, quasi impercettibile, un'altra voce chiedeva: *"Sei felice? La vendetta ha placato la tua anima, ti ha restituito tuo padre?"*.

Chi gridava pareva cercasse una ragione; chi sussurrava certamente aveva ragione.

Come sempre, nonostante si riesca a discernere tra bene e male, si preferisce il secondo, perché più comodo e allettante.

Così fece Julian; passò davanti alla chiesa senza entrare, per non rispondere alle domande poste dalla voce sussurrata.

Girovagò a lungo, con l'anima in preda ai tormenti e la mente occupata da un turbinio di domande che cercavano risposte.

La principale scaturiva da una considerazione: giacché proprio per quella giornata era stata organizzata la fine dei due banchieri, si poteva escludere la coincidenza di quelle due morti, tra l'altro dovute a incidenti poco plausibili.

Restava un'ipotesi: qualcuno aveva letto il foglietto depositato nel tronco delle proposizioni e aveva architettato gli omicidi.

Se questa supposizione era esatta, i motivi di quell'intervento potevano essere due: o prevenire gli omicidi pubblici per evitare il discredito alla Lux Malta 49, oppure inserirsi in una "guerra privata" per liberarsi di fratelli non più funzionali alla Loggia.

L'esatta interpretazione di quelle motivazioni, solo apparentemente affini, era assai importante per Julian, per le sue decisioni, per la sua futura permanenza in massoneria e, soprattutto, per capire se il nuovo regista sospettasse di lui.

In tal caso, diventava determinante sapere da chi, eventualmente, doveva proteggersi.

Julian aveva camminato a lungo, pensato molto e deciso poco.

Avviandosi verso casa, fu avvicinato da un uomo che lo salutò mettendosi all'*ordine*; poi, fatto il segno di riconoscimento, informò Julian delle due morti che interessavano la Loggia; aggiunse che il Tempio era addobbato a lutto ma non si sapeva quando sarebbe stato possibile celebrare i funerali dei fratelli deceduti, perché i corpi erano a disposizione delle autorità per i rilievi necroscopici.

Julian si limitò a prendere atto.

Quella notizia serviva solo ad informare la mamma che i funerali erano rinviati.

Per il resto, senza averlo ancora deciso, lui stava già lontano – con il cuore e con la mente – da quell'organizzazione che, appena scoperta, già lo aveva nauseato, perché predicava la fratellanza e praticava il fratricidio.

Le cose, forse, non stavano proprio così; però, prendere le distanze da quel mondo non suo rappresentava un altro passo verso il risveglio della coscienza.

Uomo sorprendente Julian Tònnaro!

Il tempo di arrivare a casa e con quella fratellanza non sua non c'erano più legami; almeno sentiti e desiderati.

Quelli ufficiali andavano recisi; non gli importava che, a farlo subito, poteva destare sospetti.

* * * * * * *

A casa salutò la mamma e la informò che i funerali erano ritardati per motivi legali; poi disse:

"In ogni caso, non si sarebbero celebrati in chiesa, perché entrambi i defunti appartenevano alla massoneria".

Non confidò altro; aggiunse soltanto che, a causa di una fastidiosa emicrania, preferiva ritirarsi nella sua stanza.

Era una scusa; voleva restare solo e continuare a pensare.

Invece, sistematosi in poltrona, si addormentò quasi subito.

Fece ancora il sogno della pantegana con la croce ma, questa volta, c'era qualcosa di diverso.

La scena, ancorché brutta, non gli faceva paura: la croce era proporzionata alla mole dell'animale ed era il ratto ad essere trascinato e non il contrario.

Al risveglio non aveva l'ansia da incubo e ripensò a quel sogno che stava diventando ricorrente, dopo l'abbandono della vita clericale.

Trovò anche un'estemporanea spiegazione: con la sola forza umana, impastata di superbia, la croce diventa pesantissima e spaventa; quando ci si affida a Dio, Lui si china ad aiutare l'uomo, rendendosi piccolo; allora la croce non fa più paura, basta seguirla.

Quella riflessione fu un raggio di luce per la sua coscienza: non l'intelligenza umana ma la fiducia in Dio può allontanare il tormento dell'anima.

L'aprirsi degli occhi di Julian a quella verità – che significava essere toccato dalla grazia – lo fece vergognare della sua superbia, dell'arroganza di capire l'animo umano e della voglia di ergersi a giudice e giustiziere.

Poi, imprevisto, inspiegabile, non desiderato, un profondo senso di meschinità s'impadronì della sua persona.

Anima, corpo, sentimenti ed emozioni si confusero in una sorta di "infantile debolezza" e pianse… pianse forte, con singhiozzi che davano il sussulto e riempivano di lacrime le gote.

Chinò la testa sul petto e con le mani aperte si coprì il viso, nel tentativo di nascondere e attutire quel pianto copioso e rumoroso.

Il lacrimare incontenibile e liberatorio gli fece perdere la cognizione del tempo.

Poi, sul capo ancora chino, sentì una carezza; pareva che una calda ala sfiorasse i suoi capelli. Forse, era soltanto la mano delicata di sua madre.

Quella piacevole sensazione consolò "il bambino afflitto" che sollevò la testa, girando lo sguardo a cercare la mano della mamma… che non c'era.

Si asciugò il viso e guardò meglio nella stanza.

Non c'era nessuno; ma non era solo.

Capitolo trentesimo

Quando, all'ora di cena, Julian raggiunse la mamma, si sentiva più leggero; soprattutto non portava più la maschera.

L'abbraccio col quale la cinse era caldo, filiale, diverso da quello degli ultimi giorni ma anche da quello dell'ex prete.

Ora, quell'umanità ritrovata, doveva trasformarlo in Uomo, degno di chiamarsi figlio di Dio.

Perché ciò avvenisse c'era bisogno di pentimento profondo, d'inginocchiarsi davanti ad un altro uomo-mediatore e di chiedere perdono, in umiltà.

Julian era disposto a farlo; nonostante si sentisse inadeguato.

Quella notte dormì serenamente, come non accadeva da tanto tempo.

Non sognò o, perlomeno, non ricordò d'averlo fatto.

Quando aprì la finestra della sua stanza, il mattino seguente, la luce intensa dell'estate maltese colpì ogni oggetto di quel locale con mille piccoli fosfeni che danzavano, senza mai scontrarsi.

Si fermò a guardarli: sembravano gli atomi di una formula chimica, in perfetto, perenne equilibrio.

L'odore che inondò la stanza era inebriante e, insieme

ai profumi dei fiori, entrarono anche quelli del mare e dei cibi locali.

Julian si sarebbe seduto in poltrona per bearsi di quel risveglio; era piacevole perdersi tra luci, colori e profumi di quella splendida mattinata di sole.

Ma doveva e voleva uscire.

C'era un altro richiamo più forte e piacevole di quell'incanto: il desiderio di tornare nella chiesa dove la sua mente di uomo superbo si era smarrita e dove, ora, doveva cercare e trovare consolazione.

Si preparò, uscì e si diresse, senza soste intermedie, alla St. John's co-cathedral.

Mentre saliva i pochi scalini che collegano il sagrato con l'ingresso, sentì ancora una volta la voce del tentatore che gli diceva: *"Oramai non sei più degno di entrare in questo luogo"*.

Non lo ascoltò.

A capo chino, per la vergogna e la contrizione, salutò il Padrone di casa e si diresse verso l'oratorio, nel suo pensatoio, davanti al magnifico quadro della decollazione di Giovanni Battista.

Cercò di raccogliere i suoi pensieri, come tante volte aveva fatto in passato; non ci riuscì.

Capì e si alzò: non davanti al Caravaggio andava mostrato il suo pentimento.

Si vergognò anche di questo.

Muovendosi lentamente, come un bimbo che teme di avvicinarsi al genitore dopo una marachella, si diresse verso l'altare maggiore, si sistemò lateralmente, dietro una colonna, s'inginocchiò e aprì il suo cuore.

Fin dalle prime ammissioni, capì che chi doveva ascoltarlo stava al suo fianco, accarezzandolo.

* * * * * * *

Assorto in preghiera, non si accorse che alle sue spalle un religioso cercava di richiamare la sua attenzione.

L'uomo si chinò, gli sfiorò lievemente la spalla destra, e disse:

"Vi stavo aspettando signor Tònnaro.

Sono stato incaricato di comunicarvi che siete atteso in arcivescovado a Mdina, appena possibile".

Nessun chiarimento.

Accennò un lieve inchino, fece un passo indietro e con tono esageratamente educato aggiunse:

"Chiedo scusa per aver interrotto la vostra preghiera ma..."

"Non preoccupatevi... e grazie!"

Effettivamente, quell'intrusione aveva spezzato il magico rapporto "a mezz'aria" che certe volte si stabilisce tra Dio e l'uomo: quella dolce sensazione di benessere e vicinanza che solleva l'uomo da terra quando prega con cuore sincero e fa chinare Dio in paterno ascolto.

Julian salutò con un *"Ciao, a presto!"* il ritrovato Dio-amico e uscì dalla chiesa.

Non dimenticò di girare lo sguardo per abbracciare ogni angolo di quel luogo che aveva tenuto lontano dal cuore ma non dalla mente, per un lungo periodo.

In pochi minuti aveva ritrovato tutto il suo mondo.

Ora bisognava riallacciare i nodi.

Era pronto.

Passò da casa e avvertì mamma Emma che non avrebbe pranzato con lei, perché andava a Mdina.

Pur senza dirle altro, ebbe la sensazione che la mamma non fosse sorpresa per quel viaggio, anzi sembrava perfino contenta.

Partì per la "città silenziosa".

* * * * * * *

Come sempre, Mdina non lesinò emozioni.

Julian era stato tante volte in quella suggestiva cittadina e sempre era restato affascinato dalla bellezza e dalla magia fuori dal tempo che emana. L'ex capitale maltese è capace, allo stesso tempo, di ammaliare i visitatori e di prestarsi all'abbraccio di chi la conosce e la riscopre ogni volta.

Nella meravigliosa piazza che accoglie forse i palazzi più belli – certamente i più conosciuti della città – l'ex prete, esperto di arte e appassionato d'architettura, si deliziò nello splendore della facciata di St. Paul, con le sue due torri campanarie basse e massicce e con i classici due orologi che segnano la doppia ora.

La caratteristica dei due orologi sulla facciata è comune a quasi tutte le chiese di Malta; uno dei due orologi, quello del diavolo, o non segna l'ora esatta o è fermo. Altre volte il falso orologio non esiste proprio, è solo disegnato.

Lo stratagemma serve per disorientare Satana.

Quella degli "orologi ingannevoli" è una tradizione ben radicata nella cultura di Malta, che sa convivere con un senso profondo del sacro e una serie di usanze di origine pagana.

Si dice che "i maltesi ne sanno una più del diavolo".

Infatti, hanno escogitato un metodo originale per fregare il maligno, confondendolo e impedendogli di disturbare le funzioni religiose.

All'esterno delle chiese sono posti due orologi regolati su orari diversi, così il diavolo va in confusione e si presenta quando la funzione è già terminata, oppure quando ancora deve iniziare; in tal modo i riti religiosi sono portati a termine senza problemi.

Sempre dando credito alla tradizione popolare, esiste una seconda interpretazione degli orologi ingannevoli: quando l'esistenza degli esseri umani giunge al termine, in città arriva il demonio per rapire l'anima del defunto.

A quel punto scatta la trappola per Satana: entra in scena il finto orologio. Il diavolo, in questo modo, non riesce a calcolare l'attimo dell'ultimo respiro del defunto e quindi a catturare la sua anima.

Messo il demonio fuori gioco, agli angeli resta tutto il tempo per condurre l'anima verso il paradiso.

In arcivescovado non fece anticamera, sembrava atteso, pur non avendo avvertito del suo arrivo.

"Ben arrivato, signor Tònnaro, sono il nuovo arcivescovo; il caro predecessore mi ha riferito del periodo travagliato che hai attraversato.

La tua sofferenza interiore, amato fratello, è stata ed è causa di sofferenza per l'intera Madre Chiesa".

Sorpreso per così alta considerazione del suo caso, Julian disse:

"Non credevo, eccellenza, che la mia vita privata fosse causa di dolore per la Chiesa".

"La Chiesa è sempre in pena per i suoi figli, soprattutto per i migliori... e tu sei tra questi; perciò, caro Julian, stai molto a cuore a tutti noi".

"La ringrazio ma non vedo come posso..."

Il prelato lo interruppe energicamente; poi, con un sorriso smagliante e furbesco, articolò, a beneficio di Julian, un lungo discorso sul dovere di mettere a disposizione del bene, facendoli fruttare, i talenti ricevuti dal Signore.

Le argomentazioni dell'arcivescovo, benché giuste, non contenevano elementi di novità per l'ex prete, che comunque seguì con attenzione l'intero discorso.

La sorpresa, invece, arrivò alla fine, quando il prelato disse:

"Per queste ragioni, amato figliolo, pensiamo che non dovresti partecipare ai funerali dei due banchieri deceduti in seguito a incidenti".

Temendo di essersi compromesso troppo, fece una pausa e precisò:

"Non vogliamo tenerti lontano da Malta ma, per il bene della tua anima e per la tua serenità, sarebbe opportuno che tu raggiungessi al più presto un dotto prelato della curia romana, che ti attende per discutere con te di cose assai importanti".

"Veramente, eccellenza, non avevo…"

Nuova interruzione e nuovo bonario sorriso da parte di quel padrone di casa che, mostrando di saperla lunga in fatto di rapporti umani, disse:

"Non preoccuparti… pensa a tutto la santa madre Chiesa".

Prima che Julian potesse aggiungere qualcosa, il prelato gli mise in mano un biglietto, con un nome e un indirizzo, e disse:

"Vai tranquillo, figliolo. Monsignore ti aspetta alla Opus Misericordiae già da domani; lui conosce le problematiche che ti hanno afflitto; è un esperto e gode della fiducia della Chiesa".

Con una mano sulla spalla e con fare paterno lo accompagnò verso la porta, senza permettergli di aggiungere altro.

All'uscita, gli regalò un *"Sia lodato Gesù Cristo!"* e richiuse la porta con tanta fretta che l'ospite non fece in tempo a rispondere.

Julian aveva apprezzato tutto di quel prelato dai modi gentili e dalla comprensione paterna, tranne quel portone chiuso con troppa fretta, quasi a significare che anche quella era una pratica chiusa.

Non volle approfondire la riflessione: era troppo sereno e non voleva permettere a niente e nessuno di turbarlo.

Semmai, quella pacatezza interiore andava rafforzata, fornendo un adeguato cibo alla mente; niente di meglio, allora, che immergersi nella venustà dell'affascinante Mdina.

La passeggiata, pur breve, gli riempì il cuore e lo predispose alla partenza.

Nel ritorno alla Valletta pensò al viaggio a Roma ma, soprattutto, meditò sull'improrogabilità di parlare con l'amico Samuel.

Gli doveva confessare una colpa grave, che diventava inammissibile iniquità se coinvolgeva e feriva un amico: il progetto dell'uccisione di suo padre Vito.

Julian, da ex prete, sapeva bene che pentirsi significa riconciliarsi con Dio, ma è il chiedere perdono alle persone offese che consente di tornare alla pienezza della Grazia.

* * * * * * *

Julian arrivò a casa in serata e la signora Emma si premurò subito di avvertirlo che l'aveva cercato il suo amico Samuel.

Disse anche di aver trovato il giovane Sangraziano meno turbato del previsto per la morte del padre; comunque sembrava assai ansioso di parlare con lui.

La considerazione della mamma, spinse il giovane ad una rapida riflessione: Samuel non lo stava cercando per qualcosa che riguardava i funerali del padre ma per altro.

Che avesse saputo o sospettasse della sua colpa?

Lo chiamò.

"Ciao Samuel! So che mi hai cercato… ti serve qualcosa?"

"No, grazie. Ho solo bisogno di parlarti".

"Bene… dimmi pure".

"No, non ora. Devo parlarti di persona. Va bene domani mattina?"

"Certamente. Ci vediamo al solito posto?"

"No. Se non ti disturbo, preferisco venire a casa tua".

"A domani… e buon riposo, amico mio".

"Altrettanto".

Il tono dell'intero discorso e il saluto tranquillizzarono Julian: il suo amico non sapeva quello che lui temeva; perciò, sarebbe stato lui stesso a informarlo, com'era giusto che fosse.

Prima di addormentarsi provò ad ipotizzare cosa desiderasse l'amico. Soprattutto, ripensò a quanto accaduto in quella giornata e al suo imminente viaggio a Roma.

Si soffermò a riflettere anche su un'altra cosa: sua madre pareva sapesse in anticipo del suo viaggio a Mdina; come mai?

Sorpreso dal sonno, non si diede una risposta.

Capitolo trentunesimo

La governante di casa Tònnaro aveva introdotto direttamente il giovane Sangraziano nella stanza di Julian, che
lo attendeva.

"Ciao, Samuel! Accomodati; devo parlarti".

*"No, Julian; scusami ma devo dirti una cosa e non vor-
rei essere interrotto; non è facile... e ti prego di creder-
mi... ero all'oscuro di tutto..."*

Julian lo interruppe:

*"Parla, accidenti a te! Mi stai mettendo in ansia... che
sarà mai... tra amici".*

*"Proprio questo è il punto: nessuno vorrebbe trovarsi
nella situazione di dover dire all'amico... mio padre ha
ucciso... anzi ha fatto assassinare tuo padre".*

Un silenzio irreale calò nella stanza e su quei due amici, non più due rampolli di famiglie potenti ma i capi di
quelle famiglie.

Quell'ammissione di colpa andava fatta tra uomini,
anzi, direttamente tra capi... e che fossero amici era se-
condario, anche se rendeva tutto più triste.

Comunque, quella dichiarazione era vissuta in modo
diverso dai due protagonisti: Samuel, contrito e mortificato, sapeva di aver provocato molta sofferenza e si attendeva una reazione forte che non ci fu; Julian, che già

conosceva quella triste verità, era angustiato per la pena dell'amico e tormentato dal dubbio se dire o no che sapeva e che aveva tentato di fare altrettanto.

Le tribolate riflessioni giustificavano la lunga pausa, alla quale seguì un abbraccio altrettanto lungo tra i due; senza parlare.

Dopo, nonostante Julian cercasse di zittirlo, Samuel volle precisare:

"Soltanto ieri, parlandomi, mamma Louise ha voluto condividere un segreto diventato troppo pesante per lei. Anzi, ha detto espressamente che sapendo della nostra amicizia era giusto che io fossi a conoscenza..."

Fece una pausa, che Julian rispettò, poi:

"Mia madre ha aggiunto che nutre un profondo rispetto per la signora Emma... e che anche lei ha dovuto e saputo portare nel cuore tanti segreti... per rispetto del signor Tònnaro.

Credo, amico mio, che le nostre madri siano donne eccezionali".

Si guardarono in viso; i sorrisi, appena accennati, confermavano la totale condivisione di quell'ultima affermazione.

L'argomento era chiuso.

"E tu, Julian, che volevi dirmi?"

"Niente... niente d'importante; soltanto avvertirti che non sarò presente ai funerali di tuo padre".

"Ti capisco... non preoccuparti e grazie per avermi avvertito".

"Samuel, non è come pensi! Volentieri sarei stato al tuo fianco... ed anche mia madre ci teneva ad incontrare la tua.

In realtà, parto per Roma domani; ho un importante appuntamento del quale ti parlerò al ritorno".

Julian si fermò, senza aver confessato quello che avrebbe voluto; non per viltà ma soltanto perché aveva ponderato che, in quel momento e con quei reciproci fardelli, non era il caso di appesantire le rispettive coscienze.

Certe volte – ed era il caso dell'ex prete, con la sua ritrovata serenità – ci vuole più coraggio a tenersi dentro dei segreti che ad esternarli, liberandosene.

* * * * * * *

In aereo, da Malta a Roma, l'ex prete pregò.
Sembrava che il filo col cielo non si fosse mai spezzato. Piacevole sensazione!

A Roma, all'Opus Misericordiae, accadde come in arcivescovado a Mdina: non fece anticamera.

Fu introdotto direttamente in uno stanzone, una specie di refettorio con le pareti affrescate e, disposti a mo' di coro, tutt'intorno, alti scranni lignei, scuri e intarsiati, che conferivano solennità a quello spazio talmente grande da apparire vuoto. Infatti, al centro del salone, si poteva passeggiare.

Entrato, stava ancora guardandosi intorno per apprezzare la magnificenza dei dipinti, quando vide aprirsi una porta sulla parete opposta, mascherata tra gli scanni.

La severità dell'ambiente aveva creato l'attesa di un anziano possente, un saggio barbuto, abituato a dispensare consigli; invece, chi entrò nel salone, aveva caratteristiche totalmente opposte.

Mostrava poco più di quarant'anni, non proprio atletico

ma dal passo deciso, capelli cortissimi, ben rasato, vestito laicamente; al collo portava una catena argentea con un pesante crocefisso, segno del suo rango.

Il volto indicava una sicurezza non arrogante e il cordiale sorriso metteva a proprio agio; si presentò a Julian come il vicario di un cardinale, capo di un dicastero vaticano.

Si scusò per dove lo accoglieva e precisò:

"Per quello che dobbiamo dirci, è bene camminare… e parlare fuori dagli schemi e dai ruoli; magari darci del tu".

Mentre l'ospite annuiva, l'altro andava oltre:

"Nessun preambolo al problema… perché c'è un problema: quando la Chiesa vede perdersi un figlio capace, su cui ha investito, allora…"

"Scusami ma si era detto di essere chiari e diretti… perciò lasciamo stare la madre Chiesa; anche perché, se è di questo che dobbiamo parlare, ti dico che sono già tornato all'ovile, con l'aiuto del Signore e per la nausea di una vita che in poco tempo mi ha mostrato il volto del diavolo tentatore".

"Bene, siamo a buon punto; ma il problema resta, anzi si complica: come pensi di seguire Dio e il Magistero della Chiesa se hai giurato di seguire un Maestro della massoneria?"

"Se vuoi parlare di massoneria, non mi dispiace ma pretendo di conoscere il tuo punto di vista e il ruolo che vuoi avere in questa discussione".

I due leoni stavano mostrando gli artigli ma il luogo e la buona fede investita in quel colloquio – almeno da parte di Julian – riportò il confronto nell'alveo della moderazione.

Da quel momento, si parlarono con estrema chiarezza, niente si doveva interpretare affinché anche i contenuti fossero scevri da equivoci.

Era essenziale, per la delicatezza dei problemi e per la complessità delle implicazioni.

Il vicario fece un netto distinguo tra la Massoneria (che non può perdonare chi attenta alla vita di un confratello), il Governo della chiesa (che deve capire per trovare soluzioni) e la Chiesa (madre di misericordia).

Quella specificazione, affatto accademica, calzava esattamente con la situazione di Julian.

Chi nella Loggia aveva saputo del suo piano di morte, anticipandolo, era costretto, per il giuramento di tutela della fratellanza, a prendere provvedimenti; il vicario era autorizzato a cercare la soluzione; la Chiesa aveva perdonato.

Quelle tre implicazioni presentavano due soggetti chiari: il vicario e la Chiesa; il terzo, quello riguardante la massoneria, restava vago.

Julian pose la domanda in modo diretto:

"Come fa la Chiesa a conoscere il nome di chi ha intercettato il biglietto o interpretato il progetto?".

"La Chiesa non indaga sulle faccende massoniche; l'uomo di chiesa, invece, deve conoscere quello che succede in certe organizzazioni, controllarle ed essere pronto...".

La risposta, ancorché intelligente e ben articolata, era furbescamente elusiva, generica e incompleta.

Julian, per niente soddisfatto, mostrò tutta la sua insofferenza per quel colloquio che lo riguardava, ma non gli garantiva la completa comprensione.

Il vicario capì che quel maltese era davvero un figlio

speciale, che la Chiesa non poteva sacrificare. Di conseguenza, il discorso doveva spostarsi ad un altro livello; il suo mandato comprendeva anche quello.

"Sono disposto a dirimere ogni tuo dubbio, in cambio di una promessa solenne: convenire fin d'ora che le scelte definitive riguardanti il tuo status di vita futura, le assumerai solo dopo aver passato un anno sabbatico in vaticano".

"Impossibile! La decisione coinvolge anche altre persone".

"Se ti riferisci a tua madre, non preoccuparti; quella santa donna della signora Emma capirà e condividerà".

Dal tono s'intuiva quello che non disse: sua madre era d'accordo.

Quell'intelligente uomo di chiesa, che aveva una risposta per tutto, era veramente un abile mediatore perché mentre concedeva, pretendeva.

* * * * * * *

Julian, che si era appena lasciato alle spalle mesi di compromessi, non era più disponibile a giocare con la sua coscienza e poteva concedere solo cose che capiva e sulle quali era certo di potersi impegnare.

Il vicario seppe trattare un altro argomento, assai delicato per Julian, con impressionante naturalezza.

La cosa riguardava Tanja.

Secondo il vicario, quel rapporto non rappresentava un problema, perché risolvibile con la discrezione; e poi, si sa, la chiesa è comprensiva.

Restava il vincolo del giuramento massonico.

Anche in questo, l'uomo, che ogni tanto si toccava la

croce sul petto, pareva conoscesse le domande che Julian voleva porre; infatti, le anticipava.

"Il Regolamento dei Liberi Muratori prevede il Sonno massonico, applicabile sia se inflitto come punizione sia su richiesta del fratello.

Il Sonno non prevede limiti di durata".

L'ultima risposta da dare e chiarire, probabilmente, pesava anche a quello scaltro vicario.

Infatti, si fermò, mostrò qualche esitazione – ma si capiva che era semplice strategia – e, fedele al suo ruolo di abile mediatore, applicò la regola del "do ut des", pretendendo la contropartita in anticipo.

"Non posso certo dire chi ci presta gli occhi nella Lux Malta 49, se prima non ho garanzie che la notizia sarà trattata come ricevuta in confessione; quindi, il fratello prete, prima deve confermare l'impegno per l'anno sabatico".

Anche Julian si esibì in una pausa strategica, che in realtà servì per ponderare l'impegno e articolare la risposta:

"Prometto massima discrezione ma non il ritiro in vaticano; ricordo, comunque, che sono soltanto un ex prete".

"Per ora, ... e non per chi ha fiducia in te".

Ripresero a passeggiare, affiancati.

Il vicario non era soddisfatto del risultato ottenuto; forse, per la prima volta nelle sue trattative, si era compromesso senza una contropartita certa.

Comunque, riprese con il tono staccato e sicuro di chi sa che, essendo funzionale al potere, ha sempre frecce nel proprio arco.

"La Lux Malta 49, in passato – ma soprattutto dopo la

nomina a Venerabile di Vito Sangraziano – aveva creato parecchi problemi ai carissimi cattolici maltesi.

Si rimediò con un osservatorio interno, privilegiato, tramite un nostro fratello affidabile, esperto di teologia e di esoterismo".

Pareva che, in assenza di contropartita, quel preambolo dovesse protrarsi all'infinito.

Poi, l'impazienza e i tentativi d'interruzione di Julian, provocarono la capitolazione e arrivò il nome:

"Il Maestro 1° Sorvegliante di quella Loggia è un inviato romano.

I suoi servigi hanno consentito parecchi interventi, come nel tuo caso, utili a noi e alla Massoneria".

Liberato del peso di quel nome – e capito che era riuscito a sorprendere Julian – divenne prodigo di particolari.

Chiarì che Sangraziano e Soldano, per sporchi giochi economici e di potere personale, erano già finiti su una lista nera della massoneria.

Quando il 1° Sorvegliante, come sempre faceva all'insaputa del Venerabile, lesse il biglietto depositato nel Tronco delle Proposizioni, capì quello che stava per accadere e, autorizzato, organizzò gli incidenti.

Il vicario aggiunse, con lo stesso distacco e come se l'interessato non fosse accanto a lui, che su quella lista era finito anche il nome di Julian, sia perché si era risalito a lui nel pestaggio ai danni del confratello Edmond, sia perché la sua rapida carriera massonica infastidiva alcuni Muratori, interessati più ai propri affari che all'*Architettura* dell'Oriente maltese.

Quando il vicario tacque, interruppero anche il loro lento deambulare al centro di quel salone che, ora, pareva più bello con i suoi evangelici affreschi.

Capitolo trentaduesimo

Prima di lasciarsi, il vicario – non abituato a perdere – stese un sottile velo di minaccia sulla vita futura di Julian.

Poi, per accertarsi che il subdolo messaggio fosse chiaro, finse di regalare una perla della propria saggezza.

Infatti – mostrando ancora una volta di sapersi rapportare con l'interlocutore di turno – invitò Julian a usare sempre il raziocinio nelle scelte, evitando di prendere decisioni con cuore ed emotività; terminò dicendo:

"La Chiesa ha stabilito, nei confronti della Massoneria e delle organizzazioni similari, norme che non prevedono alcuna vicinanza.

Le interferenze, se e quando ci sono, servono per autotutela".

Rallentò il passo e abbassò il tono, per porre l'accento sull'importanza di ciò che stava per dire:

"Mai si dovrebbe confondere la gestione del potere con il Potere.

La prima, è un'azione delegata e si vede attraverso le opere, il secondo, esiste… ma non si vede".

Subito dopo, partì l'ultimo affondo: diffidò Julian, ora che sapeva, dal prendere decisioni sbagliate, che potevano essere interpretate come sfide e che difficilmente avrebbero trovato nuova indulgenza.

Il tono minaccioso e deciso e il crocefisso toccato con maggiore insistenza, fecero capire a Julian che quello era un momento decisivo: lasciarsi intimidire, significava perdere quella battaglia che lui non aveva cercato e che, onestamente, non voleva combattere.

Suo unico desiderio era capire e poi, in solitudine e serenità, decidere.

Si stava verificando tutt'altro: qualcuno voleva condizionarlo per renderlo "funzionale al potere".

Non poteva permetterlo.

Infatti, con piglio deciso, chiese:

"Chi potrebbe interpretare le mie decisioni come delle sfide? Chi non concederebbe indulgenza?"

L'imperturbabilità del padrone di casa si sciolse e fece ricorso al rango, con l'uso di un plurale maiestatico che tradì l'abitudine al comando:

"Le tue scelte potrebbero ferire noi; noi, che abbiamo fermato chi non era disposto a perdonarti; noi, che abbiamo confidato nella tua gratitudine; noi, che abbiamo aperto il cuore pensando di parlare ad un fratello; noi, che eravamo disposti a stendere il manto misericordioso della Chiesa e recuperarti alla vita clericale".

L'insistenza di quel "noi" aveva irritato non poco Julian che, non dimenticando dove si trovava, riuscì a mantenere la calma ma fu assai franco nell'esprimere il proprio pensiero.

"Le mie decisioni riguarderanno soltanto la mia coscienza; non sono e non voglio essere funzionale al potere; non cerco l'indulgenza umana ma quella divina; non miro a prendere momentanee distanze dalla massoneria ma all'abiura di un giuramento fatto in un momento

di confusione; non accetto l'anno di ritiro in vaticano perché imposto e ripudio l'idea che il rapporto con una donna, per un consacrato, non rappresenti un problema, purché tenuto nascosto".

Prese fiato e affermò quelle convinzioni, che il particolare momento di ritrovata grazia rendeva più salde:

"Disdegno l'idea che la misericordia della Chiesa sia utilizzata secondo le proprie convenienze. Rigetto tutte queste ipocrisie; mi assumo la responsabilità delle mie scelte e chiedo scusa a tutti quelli che ho ferito con i miei comportamenti".

Quelle precisazioni, che non ammettevano equivoci, avevano prodotto l'effetto di uno schiaffo sulle certezze di quel mediatore, che restò senza parole.

Non c'era altro… né dissero altro.

I due uomini, diversamente religiosi, recuperarono un sorriso di circostanza.

Prima di salutarsi, il vicario – ritrovata la serenità e la cordialità – disse a Julian che, se avesse avuto la pazienza di attenderlo per qualche minuto, lo avrebbe accompagnato in centro città, dove stava per recarsi.

L'ex prete accettò, soprattutto per dimostrare che il precedente scontro verbale non aveva residuato risentimenti.

Si accomodò nella saletta adiacente e attese.

* * * * * * *

Il vicario s'intrattenne con qualcuno al telefono e, dopo circa cinque minuti, si affacciò nella saletta e si scusò con Julian, non solo per l'attesa ma soprattutto perché un impegno imprevisto lo costringeva a restare in Istituto.

Nessun problema.

Un nuovo cenno di saluto tra i due e, mentre l'ospite usciva, il religioso bisbigliò un amaro *"Vai in pace"*.

Julian fu contento di trovarsi fuori da solo.

Si fermò sul marciapiede e respirò l'aria romana, mentre riposava gli occhi su quel tratto di lungotevere San Paolo, dove il fiume fa una grossa ansa.

Era felice.

Non si sentiva vittorioso ma era sereno e leggero: aveva respinto le mediazioni di chi gestisce il potere della Chiesa e poteva riprendere il colloquio col Padreterno, che lo aveva recuperato al Suo divino Amore.

Si mosse per attraversare la strada.

All'improvviso, un'auto lanciata a tutta velocità, mentre Julian era al centro della carreggiata, lo travolse, uccidendolo.

L'ultimo pensiero della sua vita terrena era stato per Dio-Amore.

L'auto non si fermò e, come disse un testimone, la targa era coperta.

Per un momento ci fu silenzio e smarrimento; poi, il vociare confuso e chiassoso della gente.

Ancora dopo… ambulanza, polizia, rilievi.

Tutte cose che Julian Tònnaro non poteva più vedere.

Come non poteva vedere una scura sagoma, dietro una finestra al secondo piano dell'Opus Misericordiae, mentre tormentava un crocefisso d'argento che, forse, non era contento di stare su quel petto.

Era il vicario che, vile, sollevò la mano destra benedicente e sussurrò un sacrilego *"Riposa in pace".*

Dopo, quel falso figlio di Dio, si allontanò dalla finestra e tornò al telefono.

Il servitore del potere parlò al Potere:

"Sì, tutto fatto! ... Certo... certo era inevitabile, non tutti i giocattoli sono riprogrammabili".

Quando tornò alla finestra, un telo steso sull'asfalto copriva un corpo anonimo.

Il vicario sapeva che sotto quel telo c'era la Fede vera della Chiesa sana.

C'era una pecorella eccezionale dell'ovile di Dio; anzi, un figlio di Dio che, in un solo anno, aveva conosciuto il deserto e lo aveva attraversato.

Deserto che, per il vicario, era ancora esteso, paurosamente esteso.

Voleva piangere... ma non sapeva farlo.

Il pianto dell'anima

Il pianto dell'anima
   è un'aquila
   che erra
   nella notte
   priva
   di consolazione.

Il pianto dell'anima
   non conosce
   medicamento
   per lenire
   il suo tormento.

     ....

(da "Oltre le dune" - M. Cilla - 2004)

Sommario

.